수상한 상담실, 비밀을 부탁해

수상한 상담실, 비밀을 부탁해

청소년 성장소설 십대들의 힐링캠프, 용기

[십대들의 힐링캠프®] 시리즈 NO.38

지은이 ㅣ 표혜빈
발행인 ㅣ 김경아

2021년 11월 22일 1판 1쇄 발행
2022년　 5월 18일 1판 2쇄 발행(총 3,000부 발행)

이 책을 만든 사람들
책임 기획 ㅣ 김경아
기획 ㅣ 김효정
북 디자인 ㅣ KHJ북디자인
표지 삽화 ㅣ 발라
교정 교열 ㅣ 김경미
경영 지원 ㅣ 홍종남

이 책을 함께 만든 사람들
종이 ㅣ 제이피씨 정동수 · 정충엽
제작 및 인쇄 ㅣ 천일문화사 유재상

청소년 기획위원
정가인, 양태훈, 양재욱

펴낸곳 ㅣ 행복한나무
출판등록 ㅣ 2007년 3월 7일. 제 2007-5호
주소 ㅣ 경기도 남양주시 도농로 34, 301동 301호(다산동, 플루리움)
전화 ㅣ 02) 322-3856 팩스 ㅣ 02) 322-3857
홈페이지 ㅣ www.ihappytree.com
도서 문의(출판사 e-mail) ㅣ e21chope@daum.net
내용 문의(지은이 e-mail) ㅣ hyebin8894@naver.com
※ 이 책을 읽다가 궁금한 점이 있을 때는 지은이 e-mail을 이용해 주세요.

ⓒ 표혜빈, 2021
ISBN 979-11-88758-39-5
"행복한나무" 도서번호 : 140

수상한 상담실, 비밀을 부탁해

| 표혜빈 지음 |

행복한
나무

차례

|등장인물 소개| ● 006

|프롤로그| 대한민국에서 가장 평범한 중학생 이지수 ● 008

0부. 수상한 상담실, 보조를 구합니다

1. 어떤 동아리를 들어야 할까? ● 016

2. 그래, 결정했어! ● 022

3. 진실만 말하게 하는 약을 먹인 게 아닐까? ● 031

4. 이지수, 10 대 1 경쟁률에서 승리? ● 036

1부. 외로운 공작새 박하진

1. 박하진과 인스타 ● 044

2. 박하진의 기억 속으로 ● 054

3. 박하진과 친구들 ● 060

4. 그 화장품도 혹시 훔친 것일까? ● 066

5. 솔직할 수 있는 용기 ● 075

2부. 조용한 약탈자 고혜진

1. 누가 박하진의 SNS에 올렸을까? ● 082

2. 외롭고 쓸쓸한 초등학생 고혜진 ● 087

3. 배신이라니, 그런 거 아냐! ● 091

4. 돈이나 주고 나한테 신경 끄라고! ● 097

5. 사랑할 수 있는 용기 ● 104

3부. 달월중 최고 아웃사이더, 김준서

1. 첼로 유망주였던 김준서 ● 110

2. 사회 발표 수업 ● 113

3. 이따 오후에 상담실로 와 ● 118

4. 똥쟁이 김준서 ● 123

5. 일어설 수 있는 용기 ● 133

4부. 전학생 이상아

1. 사연 있는 전학생 ● 148

2. 민하 때문에? 내가 왜? ● 155

3. 김민하와 멀어지기 프로젝트 ● 160

4. 마주할 수 있는 용기 ● 166

| 에필로그 | 수상한 상담실, 비밀을 부탁해 ● 176

등장인물 소개

이지수

이야기의 주인공. 잘하는 것도, 좋아하는 것도 없어 늘 중간이고

평범한 것이 고민이다. 이제는 자신을 바꾸고 싶다.

이소영 선생님

상담 선생님. 달월중학교의 상담실을 운영하고 있는 신비스러운 인물이다.

특별한 물건으로 달월중 학생들을 돕는다.

박하진

상담실 첫 번째 방문자.

SNS로 달월중의 연예인 같은 존재지만 자신만의 고민을 갖고 있다.

고혜진

상담실 두 번째 방문자. 한때 박하진과 같이 다녔다.

안 좋은 상습적인 행동이 있다.

김준서

상담실 세 번째 방문자. 이지수와 같은 반이다.

사람들 앞에 나서는 것이 두렵다.

이상아

상담실 네 번째 방문자. 최근에 달월중으로 전학을 왔다.

전 학교에서 남모를 사연이 있다.

김민주

이지수의 단짝 친구. 똑 부러지는 모범생이다. 현재 지수와 같은 반이다.

박예은

이지수의 단짝 친구. 달월중 인싸다. 현재는 다른 반이지만 지수와 친하게 지낸다.

대한민국에서
가장 평범한
중학생 이지수

나, 이지수는 고만고만한 키에 마르지도 뚱뚱하지도 않다.

눈은 가로로 길고 축 처진 모양이라 친구들은 강아지 눈 같다고 한다.

솔직히 내 생각엔 쓸데없이 착해 보여서 별로 마음에 안 든다.

나는 거울을 보며 어떻게든 내 장점을 찾아보려 애썼다.

"이지수! 빨리 나와! 너 오늘도 지각할 거야?"

"아, 알았어. 나가!"

나는 방에서 나왔다.

"너 맨날 늦게 나오는데 민주가 답답해하지 않니? 누굴 닮아 느림보야, 정말."

"명찰은 챙긴 거야? 또 흘리고 가지 말고! 배 속에 있을 때 사람이

8

되다 말았나. 허구한 날 지각하고, 흘리고 말이야. 으이그."

'왜 내 탓이야? 엄마가 나를 이렇게 낳았잖아! 내가 되다 만 건 모두 엄마 때문이잖아!'

나는 엄마의 뒷모습을 보며 마음속으로 외치기만 했다.

나는 엄마한테 하고 싶은 말이 아주 많았지만 꾹꾹 참았다.

사실 엄마 말도 틀린 것 하나 없다. 세상 소심이에다가 뭐 하나 어쩜 그리 특출한 것이 하나도 없는지 내가 봐도 평범하디 평범한 반도의 흔한 중2다.

성적도 그다지 좋지도 않고 나쁘지도 않은 외모도 그저 그런, 그게 바로 나다.

뭐 하나 잘하는 것이 없으면 좋아하는 것이라도 있어야 하는데 나는 좋아하는 것마저도 없다. 결정 장애도 있어서 "뭐 먹고 싶어?"라고 묻는 아주 사소한 질문도 나에겐 어려운 질문이 된다. 뭐든 상관이 없는데 어쩌란 말인가.

"글쎄.", "아무거나.", "몰라."와 같은 말은 내가 항상 달고 사는 말이다. 내가 저런 말을 할 때면 가장 답답해하는 사람이 바로 우리 엄마다. 나는 차라리 누군가가 결정해 주는 게 속 편하다.

심지어 좋아하는 아이돌이 있는 주변 여자애들이 부럽다. 그런 덕질도 다 열정이 있어서 하는 거다. 나는 이때까지 물건이든, 사람이든 뭔가에 죽어라 빠져서 좋아해 본 적이 없다.

이런 내가 중학교에 입학하고 나서 '그나마' 가장 하고 싶었던 일은 동아리 활동이었다. 초등학교 때는 반 안에서 동아리 활동을 했었기 때문에 거의 강제로 동아리 부서가 정해지곤 했다. 특히 제일 싫었던 건 6학년 때 했던 알토 리코더부였다.

그런데 이상한 건 또 막상 누군가가 정해 주면 정말 하기가 싫어진다. 게다가 알토 리코더는 왜 소프라노 리코더보다 크게 만들어서 고생을 시키는지 1년 내내 열을 받았다. 짧은 내 손가락으로는 알토 리코더의 구멍을 막는 데 벅찼기 때문이다. 나는 항상 동아리 시간만 되면 리코더를 잘 부는 애들의 연주 소리에 나의 연주 소리를 숨겼다. 내 연주 소리를 숨기는 건 간단하다. 노래를 립싱크하듯이 연주도 립싱크를 하면 된다. 그게 남들한테 민폐 끼치지 않고 도와주는 거다.

그렇긴 해도 나와 정반대인 민주가 부러웠다. 민주는 공부도 잘하지만 알토 리코더도 잘 불어서 항상 학년 리코더 발표회가 열리면 반 대표가 되어 리코더 연주를 이끌었다. 중학교에 올라와서 민주는 역시 동아리로 리코더부를 선택했다. 나는 그 모습을 보고 조금 실망스러웠고 마음이 좋지 않았다. 첫째로 민주가 나와 상의도 없이 동아리를 선택했기 때문이고, 둘째로 나도 할 수만 있다면 민주와 같은 동아리에 들어가고 싶지만 도저히 리코더부는 선택하고 싶지 않았기 때문이며, 마지막으로 잘하고 좋아하는 것이 확실한 민주가 부러웠기 때문이다.

2학년이 되어서도 민주와 같은 반이 되었다. 하지만 올해도 역시 같은 동아리를 선택하는 일만큼은 절대 없을 거다.

집에 가는 길에 나와 민주를 예은이가 붙잡았다.

"우리 아이스크림 먹고 가자!"

예은이는 지금 같은 반이 아니다. 초등학교 6학년 때는 나, 민주, 예은이 이렇게 셋이 다녔다. 민주가 사기 캐릭터 같은 모범생 쪽이라면 예은이는 핵인싸다. 장난도 잘 치고 농담도 잘하고 누구한테나 말을 잘 건다. 예은이는 어떤 누구와도 금세 친해지는 신기한 재능이 있다.

민주와 예은이가 무색무취 공기 같은 나랑 어떻게 친구가 되었는지 신기하다. 우리는 아이스크림을 골라 자리에 앉았다.

"지수는 이번에 어떤 동아리 들지 정했어? 이번 주까지 신청서 내야 하잖아."

"아직 고민 중이야."

나는 아무렇지 않게 대답했지만 속으론 조금 초조했다. 작년에 어떤 동아리를 들지 끝까지 고민하다 결국 가위바위보까지 져서 마지막까지 남겨진 NIE부에 들어갔기 때문이다. NIE부는 신문 동아리다. 가뜩이나 우리 반에서 혼자 들어간 것도 어색하고 싫었는데 본 적도 없는 다른 반 애들과 신문에 나온 기삿거리들을 가지고 토론을 억지로 해야 했다. 정말 끔찍한 기억이다. 나는 1년 동안 동아리 활동 내내 입을 열지 못했고 친구를 1명도 사귀지 못해서 나중에는 깍두기처럼 남겨졌다. 쌤이 잘 지낼 수 있도록 여러모로 배려해 줬지만 나는 "음.", "저기."밖에 할 줄 몰랐다. 아직까지도 새로운 반에 적응하는 것도 어색한데 동아리에서 또 새로운 애들과 만나 부대껴야 한다고 생각하니 배 속까지 아려 왔다.

"그럼, 나랑 배드민턴 동아리 들자!"

예은이가 불쑥 말했다.

"난 공이 무섭단 말이야. 팔도 아프고."

"다 배우러 가는 거지! 처음부터 잘하는 사람이 어딨어?"

"예은이 너는 잘하잖아. 내가 배드민턴 동아리에 든다고 해도 실력이 너무 차이 나서 같이 치지도 못할 거야."

예은이는 분명 가서도 여러 친구들과 잘 어울릴 거다. 게다가 배드민턴 동아리는 남자애들이 많을 것이 뻔하다. 예은이는 남자애들과도 금방 잘 어울리고 논다. 그런 예은이 옆에서 나는 또 눈치를 보겠지. 구석에서 혼자 공을 치고 있을 내 모습이 떠올랐다. 더 아싸같이 보일 거다. 차라리 예은이와 같은 동아리에 들지 않는 편이 낫다.

'왜 나는 잘하는 것도, 좋아하는 것도 없지?'

나는 갑자기 불만이 생겼다. 그리고 주변 애들, 어른들의 눈치를 보는 내 자신이 너무 싫어졌다.

다른 애들은 주변 신경 쓰지도 않고 잘만 하고 사는 것 같은데. 나는 항상 다른 사람들이 날 어떻게 생각할지 신경 쓰고 고민한다.

어쨌든 선택은 해야 하니 일단 뭐가 됐든 해 보는 것으로 결론을 내렸다. 하지만 동아리 가입 조건 일 순위는 누군가의 눈치를 보지 않고 내 마음이 편한 곳이다. 잘하지도, 못하지도 않는 그러면서도 눈에 띄지도, 존재감이 없지도 않은 중간처럼 보이는 것이 목표다.

생각해 보면 참 웃기다. 뭐든 중간인 내 평범함이 고민이면서 뭔가

를 해야 할 때가 되면 중간 자리를 찾게 되는 나의 모습이 말이다. 그런
데 나도 어쩔 수가 없다.

• 0부 •

수상한 상담실, 보조를 구합니다

I.
어떤 동아리를 들어야 할까?

"내일까지 꼭 동아리 희망서 내라. 다음 주 한 주간은 동아리 활동해 보고 동아리 부서를 바꿀 수 있는 기회를 준다고 얘기했지? 기한 잘 지키도록!"

담임 쌤 말에 엄청 찔렸다. 아직 안 내서다. 하지만 절대 깜빡한 것이 아니다. 그냥 아직 선택하지 못했을 뿐.

"청소 당번들은 청소하고 선생님 불러라."

쌤은 종례를 마치고 급한 일이 있기라도 한 듯 서둘러 교실을 나갔다. 그 때 민주도 서둘러 교실을 나가며 말했다.

"지수야, 너 오늘 청소지? 나 오늘 바로 학원으로 가야 해. 내일 보자!"

"오키!"

교실에는 청소하는 애들만 남았다.

"야! 최유빈! 이거 봐라!"

"야, 이 미친 새끼야! 빨리 안 가져와?"

오상현이다. 오상현은 최유빈의 실내화 주머니를 갖고 복도로 냅다 뛰었다. 최유빈은 오상현을 잡으러 뛰어갔다.

"아, 왜 저래 진짜~!"

"하여간 저 관종새끼!"

옆에 있던 애들이 킥킥댔다. 나를 제외한 애들은 이미 친해져서 서로 장난치고 있었다. 머쓱하게도 아무도 나를 신경 쓰지 않았지만 나는 애써 관심 없는 척, 바쁜 척을 했다.

그 때, 누군가가 나를 툭툭 건드렸다. 김승연과 최예림이다.

"아, 얘 이름 뭐였지? 민주가 맨날 이름 불렀는데 까먹었다."

김승연이 킥킥댔다.

'뭐야……, 사람 불러 놓고 이름도 몰라?'

"야, 아무리 존재감이 없어도 그렇지, 그래도 같은 반인데 이름 좀 외우고 다녀!"

최예림은 김승연의 말에 웃어 젖히며 말했다. 갑자기 기분이 나빠졌다.

"너 이름이 뭐였지?"

"이지수."

"아, 미안. 지수야, 우리 진짜 바쁜 일 있어서 빨리 가 봐야 하거든~!"

"우리 청소하고 갔다고 쌤한테 얘기 좀 해 주라, 알겠지?"

"쫌 부탁해~!"

내가 대답하기도 전에 김승연과 최예림은 깔깔대며 교실을 나가 버렸다.

"뭐임? 김승연이랑 최예림 청소 안 하고 튄 거? 야, 우리도 가자."

곧 오상현은 김승연과 최예림이 없어진 걸 눈치채고 큰 소리로 말했다.

'자기도 놀기밖에 안 했으면서.'

"오늘 피방 고?"

"당연하지~!"

오상현의 말에 다른 애들도 청소를 다 끝내지도 않고 나가려 했다. 나는 담임 쌤이 청소를 다하고 부르라는 말이 생각났지만 도저히 교실을 나가는 애들을 불러 세울 자신이 없었다. 결국 교실에 나 혼자 남겨졌다.

'어떻게 하지?'

나는 결국 고민하다 혼자 교무실에 갔다.

"선생님, 청소 다 했는데요⋯⋯."

"그러니? 교실로 가자."

나는 교실로 가는 쌤 뒤를 졸졸 따라갔다.

"아잇, 이 녀석들 청소도 제대로 안 하고 갔네! 뭐야, 이게! 쓰레기도 그대로 있고! 지수야, 애들 그냥 보내면 어떡하니?"

'억울하다! 쌤, 제가 부른다고 그냥 있을 애들인가요?'

나는 하고 싶은 말이 많았지만 꾹꾹 참았다.

"으휴, 어쩔 수 없네. 내일 불러야지 이 녀석들. 지수야, 문만 잠그고 너도 집에 가라."

"네……."

나는 열쇠고리를 받아 들었다.

교실 문을 잠그려는 순간, 머릿속에서 '동아리'가 갑자기 스쳐 지나 갔다.

일단은 어떤 동아리가 있는지 알아야 선택을 할 수 있겠지. 내가 아 는 것은 리코더랑 배드민턴 동아리뿐이니까. 불쌍한 내 인생.

교실 게시판에 걸려 있는 동아리 안내문을 살펴보았다. 일단 음악, 체육 동아리는 패스다.

마술 동아리는 발표를 해야 할 것 같아 싫었다. 발표하는 건 딱 질색 이다.

그림 그리기를 좋아하긴 하지만 내 그림 실력은 끄적거리는 수준일 뿐이다.

독서 토론 동아리는 작년에 들었던 NIE 동아리처럼 죽을 만큼 피하 고 싶었다. 저런 걸 진심으로 하고 싶어서 동아리로 가입하는 애들이 있을까?

그러다 익숙하지 않은 단어가 눈에 띄었다.

'상담 동아리.'

2층에 상담실이 있는 것이 생각났다. 상담실이 무엇을 하는 곳인지 잘 모른다. 가끔 교내 행사도 여는 것 같던데 나는 지금껏 참여해 본 적이 없다. 아무튼 나와는 연결 고리가 전혀 없는 곳이다.

하지만 '상담'이란 게 뭔지는 알고 있다. 학기마다 담임 쌤은 부모님들께 상담 신청을 받는다. 쌤은 우리 엄마에게 내가 그동안 했던 학교생활에 대해 이런저런 얘기를 한다. 우리 엄마는 내가 초등학교 때부터 매 학기 빠지지 않고 상담을 신청했는데, 그 때마다 들었던 얘기는 '지수는 참 차분하다.', '착하다.' 같은 말들이었다. 아마 역대 담임 쌤들도 나의 장점을 찾기 어려우셨던 거겠지. 보통 나같이 반에서 조용하고 존재감 없는 애들한테 쌤들은 애써 '차분하다.', '착하다.' 등과 같은 말로 포장한다.

담임 쌤은 부모님뿐 아니라 학생들과도 상담하는데, 반에서 1명씩 돌아가면서 상담을 하거나 아니면 어떤 문제가 생겼을 때 상담을 한다. 나는 문제를 일으키는 성격도 아니고 쌤들에게 친한 척하는 방법도 잘 몰랐기 때문에 쌤과 상담을 할 일이 거의 없었다.

그래도 상담할 때가 되면 조금 설레긴 했다. 평소에 관심 없던 쌤이 나에 대해 관심 있게 물어보고 내 말을 들어 주는 것 같은 느낌이 드니까 말이다. 주인공이 된 듯한 기분이 들었다. 물론 그래 봤자 고작 10분 정도다.

나는 동아리 모집 인원을 살펴보았다.

1명

1명이라니! 심지어 비고란을 살펴보니 면접도 있단다. 동아리 가입에 웬 면접? 정말 어이가 없다.

결정 장애가 도진 나는 결국 어떤 동아리를 들지 결정하는 걸 포기했다.

2.
그래, 결정했어!

"이지수! 빨리 나와서 밥 먹어! 왜 이렇게 미적거려?"

"아, 알았다고!"

나는 엄마의 짜증 섞인 목소리에 짜증으로 응수하며 대답했다.

"제발 빨리 좀 나와! 밥 차리는 거 도와주지 않을 거면 빨리 나오기라도 해야지. 기다리는 사람은 얼마나 답답한 줄 알아?"

"아, 알겠어! 그만 좀 해!"

사실 내 머릿속은 온통 딴생각으로 가득 차 있었다.

'상담실은 어떤 곳일까?'

잠자리에 들기 전까지 내내 '상담실'이라는 단어가 떠올랐다.

나는 이불을 뒤집어쓰고 핸드폰으로 검색해 보았다. 잠자리에 들 때 핸드폰을 만지작거리면 엄마가 잔소리할 것이 뻔했기 때문에 숨죽이고 자판을 눌러야 했다.

하지만 별 도움이 되지 않았다. 핸드폰을 꺼 버렸다.

'만약 가게 되면 공부 같은 걸 하려나? 공부하는 건 싫은데…….'

"지수야! 얼른 일어나! 학교 가야지!"

눈떠 보니 아침이었다.

"쏘리! 늦었지?"

헉헉대며 나를 기다리고 있는 민주에게 말했다.

"놉. 아직 안 늦었어. 얼른 가자!"

점심을 먹고 아침에 집에서 챙겨 온 초코우유를 마시며 민주와 운동장에 앉아서 이야기했다.

"민주야, 너 혹시 우리 학교 동아리 중에 상담실 동아리라고 있던데……. 들어 봤어?"

"아니, 첨 들어 봐. 그런 동아리도 있나?"

"몰라, 그런 게 있다더라고. 신기해서."

나는 괜히 고개를 끄덕거리며 대답했다.

"야!"

"깜짝아!"

예은이다.

"여기서 뭐 하냐?"

"광합성 중이다."

"식물이냐? 광합성하게?"

"먼저 가! 교실에서 봐!"

예은이는 같이 온 같은 반 친구들을 보내고 민주 옆에 앉았다.

"예은아, 너 상담실 동아리 알아? 우리 학교에 그런 동아리도 있대."

"그래? 그런 동아리도 있어?"

"이지수 너, 그 동아리 들고 싶지?"

역시 민주는 눈치가 빠르다. 작전 실패다.

"아니……. 그냥 신기하잖아. 뭐하는지 궁금하기도 하고……."

"그럼 한번 신청해 봐. 어차피 쌤이 일주일 동안 결정 기간 준다고 했잖아."

"그렇긴 한데 보니까 2학년은 전체 1명만 받는대. 그리고 면접도 있어. 실화냐고……. 난 상담에 대해서 1도 모르는데……."

"이지수 관심 있구만~~!"

"아니거든!"

"이지수를 위해 이 언니가 특별히 정보를 얻어다 주지."

"아 글쎄, 아니라니까……."

나는 못 이기는 척 대답했다. 아니라고 한 것은 내 마지막 남은 '존심' 때문이었다.

민주와 교실로 들어오는데 갑자기 김승연과 최예림이 막아섰다.

"야, 이지수. 어제 쌤한테 우리 청소하고 갔다고 말 안 했어?"

최예림이 나에게 쏘아붙였다. 째려보는 눈빛에 나는 완전히 움츠러들었다.

"아니, 그게 아니라……."

김승연이 내 말이 끝나기도 전에 가로챘다.

"우리 아까 쌤한테 혼났잖아. 왜 청소 안 하고 갔냐고."

'청소 안 하고 간 건 사실이면서 왜 나한테 난리야? 그리고 교실 꼴이 더러운데 쌤이 어떻게 모르겠냐고!'

"예림아, 승연아."

민주가 말했다.

"너네도 알지만 쌤이 교실 청소는 매일 검사하잖아. 교실이 더러우면 당연히 안 한 줄 알고 가셨겠지~!"

"아니, 그래도 말이야. 말이라도 해 줄 수 있잖아!"

"그러니깐 말이야. 괜히 우리만 혼나고!"

"싫으면 싫다고 말할 것이지, 흥."

김승연과 최예림은 틱틱거리며 자리로 갔다. 나는 어이가 없었다. 자기네들이 청소 안 하고 가서 혼난 게 내 잘못인가?

5교시 국어 수업 시간에는 정말 아무것도 눈에 안 들어왔다. 나는 아까 김승연과 최예림이 나에게 했던 말과 말투를 곱씹어 보았다. 생각할수록 짜증이 났다. 꼬리에 꼬리를 물고 생각이 이어지자 나는 결국 내 자신에게 화가 났다.

'왜 거기서 말을 못해? 그러니까 자꾸 무시하는 거잖아, 이지수!'

"야, 야!"

순간 정신이 번쩍 들었다. 뭐지? 딴생각 중인 거 들켰나?

"김상혁, 너 이따 교무실로 와!"

"아, 쌤~ 단어를 몰라서 검색하려던 거예요. 진짜예요!"

김상혁이 '몰폰'하다 들킨 모양이다. 국어 쌤은 김상혁의 폰을 가져갔다.

계속 생각하다 보니 쉬는 시간이 되자 머리가 아파 왔다.

순간, 갑자기 내 어깨를 누군가 확 잡았다. 놀라 뒤를 돌아보니 예은이었다.

"이지수! 알아 왔다."

"그래서 뭐래?"

"그러니까 한마디로 말하면 동아리지만 동아리가 아닌 그런 느낌?"

"뭔 소리야, 그게?"

"우리 학교 상담 쌤 있잖아. 그 상담 쌤이 운영하시는 동아리인 거지. 약간 봉사 같은 거래. 상담 쌤 도와주는? 그냥 상담실 청소도 하고, 쌤 심부름도 하고~!"

'봉사'에 흥미가 확 떨어졌다. 아니, 무슨 봉사? 내 방 청소도 잘 안 해서 맨날 엄마한테 잔소리 듣는 게 일인데.

"봉사 동아리라면 따로 있잖아. 거기 있는 애들이 하면 될 텐데 왜 굳이 따로 1명만 뽑지?"

　　　　　　　　수상한 상담실, 비밀을 부탁해

"그 속사정은 글쎄, 나도 모르지. 근데 신기한 게 상담을 받고 오면 애들이 뭐랄까, 좀 달라진다는 거야. 근데 그게 좋은 쪽으로."

마지막 6교시는 과학이다. 과학실로 이동했다. 혹시 나도 상담실에 간다면 결정 장애에, 세상 소심이에, 잘하는 것도 1도 없는 나의 모습을 조금이라도 바꿀 수 있지 않을까?

오늘은 과학 모둠을 바꾸는 날이다. 하지만 재수 없게도 김승연, 오상현과 같은 모둠이 됐다. 아까 그 일이 다시 생각나면서 짜증이 올라왔다. 하지만 김승연은 모를 거다.

다른 1명은 길서준이다. 길서준은 오상현과 반대로 차분한 스타일이라 눈에 띄지는 않지만 공부를 잘해서 애들이 잘 건드리지 않는다.

"야! 모둠 역할 정하자. 쌤이 정하래."

김승연이 먼저 말을 꺼냈다.

"내가 여기서 젤 잘생겼으니까 특별히 모둠장을 맡아 주지."

오상현이 말했다.

"뭐래, 꺼져. 됐고! 길서준이 모둠장하자. 여기서 제일 공부 잘하니까!"

"난 상관없어."

"그럼 나는 글씨 잘 쓰니까 기록하는 역할 할래! 그래도 되지?"

"아씨, 그럼 나는?"

"너는 심부름이나 해! 부름이가 너한테 딱이다!"

"김승연 진짜, 너 나중에 내가 복수할 거야."

오상현의 말에 김승연은 대꾸도 안 했다.

"그럼 남는 게 뭐지? 칭찬이?"

김승연은 내 얼굴을 쳐다보았다.

"이지수, 네가 칭찬이 해야겠다!"

"내, 내가 하라고?"

"왜, 싫어? 이미 역할 다 정해졌잖아. 남는 거 해야지, 뭐 어떡해?"

자기 멋대로 정했으면서. 나는 이번에도 할 말이 많았지만 꾹꾹 눌러 담았다.

"알았어."

나는 이번에도 하고 싶은 말을 제대로 하지 못했다. 만약 내가 길서준처럼 공부라도 잘했다면 무시당하지 않았겠지? 결국 나는 내가 못난 탓을 할 수밖에 없었다.

수업이 끝난 후, 담임 쌤이 종례하러 들어왔다.

"자, 동아리 신청서 안 낸 학생은 얼른 나와서 내라."

"선생님! 저는 결심했습니다. 마술 동아리에 들어가서 마술사가 되겠습니다!"

오상현이 관종짓을 하며 제일 먼저 앞으로 나갔다. 애들이 키득거렸다.

"아, 또 시작이야~!"

"그만 나대고 빨리 들어와, 새끼야!"

"야, 그렇다고 누가 욕하래, 엉? 욕한 애 나와!"

온통 웅성거리는 사이 나는 갑자기 결심이 섰다.

나의 동아리 신청서에 적힌 동아리명은 '상담 동아리'였다.

집에 가는 길에 민주가 내 옆구리를 쿡 찌르며 말했다.

"아까 동아리 신청서에 뭐라고 적었어?"

"너 다 알면서 일부러 묻는 거지?"

"흐음, 근데 사실 의외라고 생각하긴 했어. 하지만 뭐, 하고 싶은 건 해 보는 게 좋지."

"난 해 보고 싶은 게 아냐."

"그럼?"

"나도 내 마음을 잘 모르겠어."

"그게 해 보고 싶은 거야."

"아냐. 그런 거랑은 달라."

"아무튼 잘 생각했어. 근데 조금 아쉽긴 하다. 사실 나는 네가 같이 리코더부를 했으면 좋겠다고 생각했거든."

"정말? 그거야말로 나한테는 놀랍다. 나는 리코더를 잘 불지도 못하고 다른 애들하고 친해지는 데도 오래 걸려서 같은 동아리에 들면 내가 너한테 짐이 될 거라 생각했거든."

"친구 사이에 짐이 어디 있어? 찐친이 같은 동아리에 있으면 더 좋지!"

민주가 고마웠다.

"면접 준비는 어떻게 해? 신청서 냈으면 다음 주에 면접?"

"헐! 그걸 잊었다."

진실만 말하게 하는 약을 먹인 게 아닐까?

그래, 일단 들어가 보고, 이건 아니다 싶으면 쌩 까고 나오는 거다.

상담실에 들어가 보니 10명의 학생들이 앉아서 기다리고 있었다. 편안한 느낌이다. 이런 분위기면 무엇이든 털어놓고 싶을 것 같다. 그리고 솔직하게 이야기하지 않으면 뽀록날 것 같기도 하다.

"안녕하세요? 선생님은 '상담' 동아리를 운영하는 이소영입니다."

똑 부러지는 목소리다.

"동아리라는 이름으로 학생을 모집하긴 하지만 선생님이 원하는 학생은 상담실 운영을 도와줄 학생입니다. 그래서 동아리지만 면접을 보는 것이고요. 아마도 다른 동아리에서 활동하는 것보다 훨씬 책임감이 필요한 일이 될지도 몰라요. 하지만 그만큼 많이 배우게 될 것이고요."

이때 상담 쌤의 말투는 매우 강했다. 어쭙잖은 마음으로 지원한 학생들은 어림도 없으니 돌아가라는 뜻처럼 들렸다. 괜히 찔렸다.

"그럼, 선생님이 받은 명단에서 1반부터 차례대로 학생의 이름을 호명하겠습니다."

면접이 시작됐다.

"2학년 1반 한정윤!"

"2학년 4반 이현우!"

"2학년 6반 하시연!"

내 차례가 다가올수록 머릿속이 빙글빙글 돌았다. 이러다가 면접 보면서 헛구역질하는 거 아니야?

"2학년 7반 이지수!"

나는 잔뜩 긴장한 채로 앉아 있던 몸을 천천히 일으켰다. 손바닥은 온통 땀범벅이 되었다. 선생님을 따라 상담실로 들어갔다. 온통 알 수 없는 제목의 책들로 꽉 차 있었다.

그리고 사진! 사진들이 여기저기 집게에 고정되어 붙어 있었다. 그런데 내가 보기엔 사진들이 모두 제각각이었다. 길에 핀 꽃, 연탄, 촛불, 하늘, 그리고 여러 사람들의 모습들이 담겨 있었다.

"지금부터 몇 가지 질문을 할 거예요. 질문에 대해 지수 학생의 생각을 대답해 주면 됩니다. 음, 먼저 상담 동아리에 지원하게 된 이유가 무엇인가요?"

머리가 빙글빙글 돈다. 무슨 말을 해야 할지 모르겠다.

'으으, 머리야 돌아가라……!!'

머리에 잔뜩 힘을 주며 생각했다. 머릿속이 하얘져 버려서 역시 그냥 솔직하게 말하는 게 낫겠다 싶었다.

아 몰라, 이젠 어쩔 수 없다.

"저……, 저는 사실 상담실이 어떤 곳인지 잘 몰라요. 어떤 동아리를 들지 고민하고 있었거든요. 제 친구들은 벌써 어떤 동아리에 들지 다 정했어요. 제 친구들은 잘하는 것이 하나씩 다 있거든요. 공부나 리코더, 운동 그런 거요."

마음속에 있었던 말들이 술술 튀어나왔다. 나는 내 입으로 이야기하면서도 '누군가 나에게 진실만을 말하는 약을 몰래 먹인 것이 아닐까?' 하고 생각했다.

"그 때 상담 동아리가 눈에 들어왔어요. 그 때부터 자꾸 생각이 났고, 이렇게 오늘 면접을 보러 오게 됐어요."

나는 말을 마쳤다. 그리고 속으로 딱 두 글자가 생각이 났다.

'개망.'

"지수 학생은 아주 솔직하네요?"

"그냥 분위기랑……. 쌤의 눈을 보니까…. 솔직하게 대답하는 것이 좋을 것 같아서요."

'그리고 그것 때문에 면접에 떨어질 것 같고요. 하, 하!'

"지수 학생에게 자꾸 상담 동아리가 떠오르게 된 이유를 생각해 봤어요?"

"사실은 친구들도 저한테 그런 얘길 했어요. 저 보고 관심 있는 거 아니냐고요……. 그 때는 아니라고 이야기했지만……."

부끄럽지만 꿋꿋하게 말을 이어 나갔다.

"다시 생각해 보니까 맞는 것 같아요. 제가 진짜 관심이 없었으면 밤에 그렇게 생각나지도 않았을 거고, 궁금해하지도 않았을 거고, 면접 보러 오지도 않았을 거니까요."

'그래, 진짜 관심 없었으면 내가 여기까지 왔겠냐고.'

"그렇군요. 학교생활을 하며 친구를 상담해 주거나 또는 선생님으로부터 상담을 받은 경험이 있나요?"

"음, 저는 되게 평범해요. 교실에서도 별로 존재감이 없어요. 그래서 상담을 받거나 하게 되는 일은 거의 없지만……. 그래도 쌤이 특별할 것 없고 평범한 제 이야기를 들어 주시는 것이 좋았어요. 제가 주인공이 된 느낌이 들고요. 그런 점에서 상담은 필요한 것 같아요."

"잘 들었습니다. 이제 면접을 마치려고 하는데, 마지막으로 각오 한 마디만 해 주세요."

나는 이왕 끝난 마당이니 그냥 생각나는 대로 대답했다.

"음, 합격한다면 정말 좋을 것 같아요. 만약 상담실에 있을 수 있게 된다면 여기서 저도 제 친구들처럼 제가 관심 있는 것, 좋아하는 것을 찾고 싶어요."

이 말은 내가 오늘 한 말들 중 가장 진심이었다.

나도 이제 평범한 학생이고 싶지 않았다. 내가 좋아하는 것, 잘하는 것을 찾아서 당당하게 말하고 싶다.

면접은 끝이 났다.

뭐, 나름대로 최선을 다했기 때문일까. 결과가 어찌되었든 간에 나는 그 결과를 받아들일 준비가 된 것 같았다.

4.
이지수, IO 대 I 경쟁률에서 승리?

이튿날 아침, 나와 민주는 한껏 여유로운 발걸음으로 학교로 향했다. 그런데 갑자기 예은이가 뒤에서 나와 민주 사이를 비집고 들어와 팔짱을 꼈다.

"이지수, 면접은? 썰 풀어야지?"

"안 그래도 지수한테 그거 물어보려고 했는데."

민주가 웃으며 말했다.

"야, 말도 마. 그냥 입이 지 맘대로 움직여."

나는 한숨을 쉬며 말했다. 다시 생각해 보니 나는 정말 면접에서 소심이 그 자체였다. 잘하는 걸 말해도 모자랄 판에 평범한 내 모습만 보인 것 같았다. 이건 이불킥 감이다.

수상한 상담실, 비밀을 부탁해

“오, 그 얘기는 면접 개잘 봤다는 소리?”

“아니. 그냥 다 솔직하게 불었어. 상담실에서 무슨 일을 하는지 나는 잘 모르고, 관심도 없었다. 근데 생각해 보니까 관심이 있는 것 같다고……. 정말 바보 같지 않냐고. 나 같아도 쌤이 나 안 뽑을 것 같아.”

“지수, 가서 세상 솔직하게 말했네.”

민주가 키득거리며 말했다.

“거기 가니까 뭔가, 거짓말하면 들통날 것 같았단 말이야.”

“그래, 그래. 그래서 결과는 언제 나옴?”

예은이가 물었다.

“몰라. 담임 쌤에게만 따로 이야기한대.”

“지수 떨어지면 같이 리코더 해야지?”

“무슨 소리, 이지수는 배드민턴 각이지!”

“가서 공이나 주우라고?”

“오, 이지수, 눈치~~!”

예은이는 장난스러운 말투로 놀렸다.

“야, 이럴 거야?”

속으로 민주와 예은이에게 무척 고마웠다. 민주와 예은이가 없었더라면 학교 다니기가 무척 싫었을 거다.

‘그래, 내가 할 수 있는 최선의 선택지는 2개지, 아마. 배드민턴부에서 볼 걸을 하느니 차라리 리코더부에서 깍두기가 되자. 예은이보다는 민주가 더 잘 챙겨 줄 거야.’

나는 플랜 B로 리코더부에 들 것으로 마음먹었다.

이튿날, 담임 쌤이 나를 불렀다.

"지수야, 잠깐 선생님 좀 볼까?"

"쌤, 무슨 일이세요?"

"지수 대단한데? 지수 다시 봤어. 얌전하고 차분하기만 한 학생인 줄만 알았는데 말이야."

"네?"

"상담 선생님께서 지수를 뽑겠다고 하시더구나. 상담 동아리 합격이래."

"네? 정말요?"

"축하한다. 지수는 오늘 방과 후에 잠깐 상담실에서 선생님을 뵙고 가렴. 선생님께서 동아리에 대해 알려 주실 것이 있다고 하시네."

"네!"

"민주! 나 먼저 감!"

"낼 봐!"

상담 쌤한테 왜 나를 뽑았는지 물어봐도 될까? 담임 쌤으로부터 합격 소식을 듣고 기쁘면서도 수업 내내 그 이유가 궁금했다. 쿵쾅거리는 마음을 겨우 진정시키고 상담실 문을 '똑똑' 하고 두드려 보았다.

"들어오세요."

"안녕하세요."

"지수 학생 안녕? 어서 들어와요. 합격 축하해요. 앞으로 어떤 활동을 하게 될지 간단하게 말해 주려고 불렀어요."

"네, 감사합니다."

저번 면접 때보다 한결 편해졌다.

"많이 놀랐죠?"

"네. 음, 기쁘기도 하고 많이 놀라기도 하고 그랬어요."

"혹시 면접과 관련해서 궁금한 것은?"

'내 마음을 읽으신 걸까?'

"쌤이 왜 절 뽑으셨는지 궁금해요. 오늘 계속 생각해 봐도 그 이유가 뭔지 잘 모르겠어요. 저는 상담에 대해서도 잘 모르고, 자신이 별로 없었거든요."

"선생님이 생각했을 때는 지수가 충분히 자신감을 가져도 될 것 같은데? 왜 그런 것 같아요?"

"저는 항상 중간이거든요. 저번에도 말씀드렸지만 존재감이 없어요. 공부를 잘하는 것도 아니고, 음악이나 미술에 소질이 있는 것도 아니고요. 그렇다고 제 친구처럼 체육을 잘하지도 않고……. 또……."

"지수가 자신감을 갖는 데 다른 사람과 비교하면서 꼭 잘하는 것이 있어야 할 필요는 없다고 생각해요. 지수는 있는 그대로 소중한 사람이고 지수만의 장점과 매력이 있으니까."

상담 쌤은 이어서 말했다.

"이 부분에 대해서는 지수가 상담실 활동을 하면서 깨달아 가면 좋겠어요. 사실 선생님이 지수를 뽑은 이유는 크게 두 가지였어요. 음, 첫 번째는 지수의 솔직함과 꾸밈없는 태도가 선생님은 참 마음에 들었어요.”

쌤은 말을 이어 나갔다.

“상담을 할 때는 학생들의 말을 경청하고 공감하는 태도가 가장 중요해요. 학생들이 자신의 고민을 솔직하게 털어놓게 만들거든요. 그 점에서 지수의 그런 솔직함과 꾸밈없는 태도가 상담과 굉장히 잘 어울릴 것이라고 생각했어요. 그리고 두 번째는 선생님은 지수에게 가능성을 발견했거든요.”

‘쌤이 발견한 가능성이란 뭘까?’

“지수는 자기도 모르게 상담의 중요성을 깨달았잖아요? 선생님은 지수가 상담에 대해서 관심이 있다는 걸 느꼈거든요.”

“음, 아직 잘 모르겠어요.”

“그럴 거라고 생각해요. 선생님은 지수가 상담실 활동을 하면서 지수 자신이 갖고 있는 보석을 찾으면 좋겠어요. 이게 선생님이 지수를 뽑은 마지막 이유가 되겠네요.”

상담 선생님은 친절하면서도 또렷한 목소리로 말했다.

“앞으로 활동에서 지수가 지켜 줬으면 하는 것이 있어요.”

“그게 뭔데요?”

“이해와 노력이요.”

“네?”

"지금은 자세하게 알려 줄 수 없어요. 아마 믿지 못 할 테니까. 상담 활동을 진행하게 되면 그 때 선생님이 차근차근 설명해 줄게요."

쌤으로부터 들었던 말 중 가장 불친절하고 신비스러웠다. 그리고 예전에 민주와 예은이와 함께 이야기했던 '신비주의'라는 말이 떠올랐다. 그래도 처음으로 내가 스스로 선택해서 하게 된 일이었기 때문에 열심히 하기로 다짐했다.

1부

외로운 공작새 박하진

1.
박하진과 인스타

"야, 어제 박하진 인스타 올렸더라? 봄?"

"놉, 아직 안 봤는데. 어제 올렸어?"

"응. 어제는 틴트 광고함."

"너 걔 팔로했어?"

"안 했지! 민아가 알려 줘서 나도 안 거."

"걔는 올리는 거마다 보정이 개심해."

"맞아. 그래서 난 사실 걔가 올리는 거 잘 안 봐."

여자애들의 수군거림에 예은이가 말했다.

"오늘도 박하진은 핫하구나."

"4반 박하진?"

나는 예은이에게 물었다.

"그럼, 달월중에서 4반의 박하진 말고 또 누가 있냐?"

"나는 좀 부러운데……. 그런 인기 많은 애들의 삶은 어떨까?"

나는 막연히 상상하듯 말했다. 박하진은 달월중에 입학할 때부터 유명했다. 1학년생들을 잘 모르고 관심도 없는 선배들조차 1학년의 박하진은 모두가 알고 있었다. 다른 반에 친구가 없는 나도 박하진은 알고 있을 정도니 박하진이 달월중 안에서만큼은 연예인보다 영향력을 지니고 있음은 분명했다. 박하진이 눈에 띄는 이유는 무엇보다도 예쁜 외모일 것이다. 예쁜 외모만큼이나 자신을 잘 꾸밀 줄 알았다. 큰 눈에 쌍꺼풀이 있고 이목구비가 오밀조밀한 데다가, 하얗다.

그리고 박하진은 SNS를 잘 사용할 줄 알았다. 이것이 박하진의 재능이라고 할 수도 있다. 뛰어난 외모와 재능이 뭉쳐 지금의 박하진을 만들었다. 박하진은 제품 광고 글을 SNS에 종종 올리곤 했다. 화장품, 향수, 폰케이스 등등 다양하다. 어떤 회사에서 제품에 대한 광고 글 요청이 오면 박하진은 그 제품을 쓰고 자신의 SNS에 올렸다. 그걸 애들은 '협찬'이라고 불렀다. 연예인들만 받을 수 있는 바로 그 '협찬' 말이다. 박하진이 게시물을 올릴 때면 수많은 '좋아요'와 댓글들이 달렸다. 여자애들에게 박하진은 연예인 그 자체였다. 그리고 같이 어울리고 싶어 했다. 박하진의 영향으로 우리 학교 애들은 SNS로 거의 인스타그램을 쓴다.

"예은이 네가 보기에는 어떤데? 박하진이랑 같은 반이잖아. 인기인의 삶을 눈앞에서 관찰할 수 있잖아."

옆에 있던 민주가 말했다.

"인기인의 삶은 피곤한 거야. 연예인들 봐봐."

예은이는 나의 상상을 차단해 버렸다.

"그리고 나는 박하진 잘 몰라. 나랑은 조금 안 맞기도 하고."

예은이가 말했다. 마지막 말은 작은 목소리로 덧붙였다. 나는 그 말
이 약간 의미심장하게 들렸다.

"왜?"

"음, 아냐……. 아무튼 뭔가 불편해."

예은이는 어깨를 으쓱거리며 대답했다. 그리고 더 말을 덧붙이지 않
았다. 예은이는 다른 애들처럼 다른 사람 이야기를 쉽게 하지 않는다.
늘 친구의 비밀을 잘 지켜 주는 예은이기에 주위 애들이 더 좋아하는
건지도 모른다. 그런 예은이의 성격을 잘 알기 때문에 나와 민주는 더
캐묻지 않았다.

'좋아! 오늘은 상담실 활동을 하는 첫날이다!'

나는 아침부터 들떠 있었다. 얼른 방과 후가 되어 상담실에 가고 싶
었다. 학교에 오래 남아 있게 되더라도 기분이 좋았다.

"지수 왔구나."

"쌤, 상담실이 달라졌네요."

뭔가 더 따뜻한 분위기였다.

"내일부터 상담 개시거든. 이제부터 아주 바빠지겠구나."

"오늘은 뭘 해야 하죠?"

"음, 그럼 오늘은 청소를 마무리해야지?"

"으, 네. 열심히 해 볼게요."

내 방 청소도 잘 하지 않는 내가 상담실에 와서 이리저리 쓸고 닦고 하고 있다니……. 하지만 선생님을 실망시켜드리고 싶진 않았다. 첫날 부터 말이다.

오늘 봐도 역시 사진들이 엄청나게 많았다. 상담 쌤 취미가 사진 찍 기인가?

그리고 안쪽에 작은 방이 하나 있었다.

'저긴 뭐하는 방이지?'

나는 상담 쌤에게 물어보려고 뒤를 돌아보았지만 쌤은 없었다. 쓰레 기가 가득 찬 봉투를 버리고 오겠다는 말을 어렴풋이 들은 것 같기도 하다. 나는 빗자루를 잠시 내려놓고 작은 방 쪽으로 다가갔다.

방 안에는 내가 이름도 모를 물건들로 가득했다. 여기에도 사진들이 집게에 꽂혀 매달려 있었다. 하지만 상담실에 가득한 사진과는 다르게 흑백 사진들밖에 없었다.

"악!"

놀라 뒤를 돌아보니 상담 쌤이었다.

"놀랐구나?"

"네! 쌤, 근데 여기는 뭐하는 곳이에요?"

"여기는 필름 사진을 현상도 하고 인화도 하는 작업실이란다."

"필름 사진을 뭐한다고요?"

무슨 말인지 하나도 모르겠다.

"그래, 지수는 어려서 필름 카메라 안 써 봤지?

"아하! 음, 들어 본 적은 있는데 사진을 직접 찍어 본 적은 없어요."

"요즘은 핸드폰으로 뭐든 찍을 수 있으니까. 선생님이 필름 카메라 보여 줄까?"

쌤은 까만 필름 카메라를 들고 나에게 보여 주었다.

"여기에 눈을 대고, 찍을 곳을 정한 다음 여기 버튼을 누르는 거야. 셔터라고 하지."

나는 눈을 대고 카메라 렌즈를 통해 상담실 여기저기를 살폈다.

"쌤, 신기해요. 그런데 왜 이런 필름 카메라를 쓰세요?"

"음, 이 필름 카메라와 사진이 선생님의 상담 무기거든."

"이것들을 상담할 때 쓰는 거예요?"

"그래. 어떤 사람들은 자신의 마음을 있는 그대로 솔직하게 표현하기도 하지만 또 어떤 사람들은 자신의 마음을 드러내길 어려워하지. 그럴 때 사진은 아주 유용하게 쓰인단다. 예를 들면 지금 나의 기분, 내가 좋아하는 것, 싫어하는 것을 말할 때 사진을 고르며 이야기하면 편안한 감정으로 자신의 이야기를 할 수 있지. 또는 직접 사진을 찍어 보게 하는 거야. 내가 좋아하는 것, 그리고 자신의 모습을. 그러다 보면 마음이 치유되기도 하지."

그리고 한마디 더 덧붙였다.

"게다가 무엇보다도 사진이란 건 '기억을 담는 물건'이잖니?"

쌤은 빙그레 웃었다.

'그런가? 필름 카메라는 상담 쌤의 취미가 아니라 상담할 때 쓰이는 거였구나.'

"선생님이 지수에게 필름 카메라 하나 주고 싶은데, 어때? 갖고 싶니?"

"네, 주세요!"

나는 상담실을 나와 바로 집에 가지 않고 운동장이 보이는 계단에 앉았다. 운동장에는 아직도 축구하는 남자애들이 있었다. 나는 카메라에 눈을 대고 축구하는 남자애들에 초점을 맞추고 셔터를 눌러 보았다. 그러나 찰칵 소리도 나지 않고 그대로였다. 만약 핸드폰이었다면 내가 찍은 사진을 바로 확인해 볼 수 있었을 텐데 필름 카메라는 그럴 수 없어 여간 불편한 게 아니었다.

'에이~ 쌤은 이런 걸 왜 쓰는 거지? 그냥 좋은 핸드폰을 써도 될 텐데.'

"지수야, 오늘도 상담실 갈 거야?"

"응! 상담실 가는 거 재밌어!"

나는 민주와 함께 운동장에 앉아 남은 점심시간을 보내기로 했다.

"울 학교 얼굴 탑은 누구지?"

"일단 울 반은 없음! 죄다 오징어들이야."

옆에서 얘기하는 소리가 다 들렸다.

"음, 4반 박하진?"

"아, 나는 솔직히 개별로. 왜 애들이 좋아하는지 모르겠음."

"레알? 하긴 쫌 유명해졌다고 눈 똥그랗게 뜨고 다니는데 보기 싫어."

"나는 8반 이솔지! 너네 걔 알아? 걔도 존예임."

저렇게 시시덕거리며 남의 외모에 대해 아무렇지 않게 평가하다니……. 예은이가 박하진에 대해 말을 아낀 이유를 알 것 같았다.

"그럼 이번에는 존못 탑을 뽑아 보자!"

"아, 우리 반 있음. 김하늘!!"

"인정~ 걔는 진짜 공부해야 될 상이야."

정말 못 들어 주겠다.

나는 오늘도 상담실에 갔다.

"쌤! 오늘도 도와드리려고요. 상담실을 구경하고 싶기도 하구요."

"그래~!"

그 때 누군가 문을 두드렸다.

"똑똑."

"들어오세요."

대박! 나는 들어오는 학생이 누군지 금방 알아봤다. 바로 4반 박하진이였다. 박하진이 상담실에 오다니! 박하진을 이렇게 가까이서 본 것은 처음이었다. 작은 얼굴에 까맣고 컬이 살짝 들어간 단발머리와 커다란 눈이 무척이나 잘 어울렸다. 박하진에 대해서 몰래 이야기하는 애들은 보정이 너무 심하다고 하지만 내가 생각했을 때는 그렇게까지 심해 보이지 않았다. SNS에 올라간 얼굴이 좀 더 갸름하긴 하지만 그래도 모두 박하진의 얼굴이었다.

"안녕하세요."

"어서 와요."

"안녕?"

박하진은 나에게도 인사를 했다.

"안, 안녕?"

나는 말을 더듬으며 박하진과 똑같이 인사했다. 그 모양새가 마치 연예인의 인사를 받은 팬 같았다.

"상담……. 신청하고 싶어서 왔는데요……."

박하진이 말끝을 흐리며 대답했다.

"그렇군요. 이리 와서 앉도록 해요."

"학년과 반, 그리고 이름을 이야기해 주세요."

"저는 2학년 4반 박하진이요."

나는 진심으로 박하진의 고민이 무엇일까 궁금했다. 내가 생각했을 때 박하진은 아주 완벽한 인생을 살고 있었기 때문이다. 나는 쌤이 박하진과 상담할 동안 사진을 인화하는 암실인 작은 방으로 들어왔다.

쌤과 학생이 상담하는 내용을 내가 들을 수는 없기 때문이었다.

마지막으로 박하진의 목소리가 작게 들렸다.

"담임 쌤한테는 말하기가 싫어서요."

나는 작은 방을 더 자세히 들여다볼 기회가 생겼다. 사진 앨범이 많이 꽂혀 있었고 여러 까만색 장치들이 눈에 띄었다. 그리고 커다란 네모 모양의 대야가 빨강, 노랑, 파랑으로 3개가 있었는데, 알 수 없는 액체들이 담겨 있었다. 윽, 이상한 냄새도 나는 것 같았다. 가만 생각해 보니 과학실에서 맡을 수 있는 화학 약품 냄새 같기도 했다.

30분이 되었을까, 쌤이 작업실로 들어왔다.

"지수, 오늘 정리해 줘서 고마워요."

"네, 쌤. 박하진은요?"

"하진이는 돌아갔단다."

나는 박하진이 왜 상담실에 찾아왔는지 궁금했다. 혹시 애들이 '얼평'하는 걸 듣기라도 한 걸까?

며칠 후 나는 예은이와 함께 집에서 숙제를 하다가 갑자기 박하진 생각이 났다.

"예은아, 너도 인스타하지?"

"잘 안 하긴 하는데 아이디는 있어."

"그럼 나 잠깐 봐도 돼?"

"그럼."

나는 인스타를 하지 않는다. SNS는 보통 친구가 많은 인싸들이나 하는 것이다. 친구가 별로 없는 나 같은 아싸들은 받을 수 있는 '좋아요' 수가 매우 적기 때문이다. 나는 굳이 내 게시물의 '좋아요' 수로 나의 좁은 친구 관계를 직접 눈으로 확인하고 싶지 않다.

예은이는 주저 없이 나에게 자기 핸드폰을 꺼내 주었다. 나는 예은이의 계정으로 들어가 박하진 이름을 검색했다. 박하진의 계정은 어렵지 않게 찾을 수 있었다. 나는 얼른 박하진의 계정을 클릭해 게시물과 댓글을 읽어 보았다.

ㄴ 보정 무엇?

ㄴ 얘는 도대체 누구 빽인 거임?

ㄴ ㄲㅈ 제발

"헐, 이게 뭐야?"

나는 예은이에게 소리치며 말했다. 박하진을 향한 온갖 인신공격들이 난무했다. 내가 보기에는 박하진의 게시물은 온갖 사람들의 감정 쓰레기통이 된 것 같았다.

가장 이해할 수 없는 건 박하진의 행동이다. 댓글창이라도 막아 두면 안 좋은 댓글을 보지 않을 수 있는데 그냥 놔두는 이유가 뭐지?

2.
박하진의 기억 속으로

"쌤! 박하진 SNS 보셨어요? 정말 난리예요!"

"지수야, 만약 네가 하진이 상황이라면 어떻게 하겠니?"

"만약 저라면……. 음, 부모님이나 담임 쌤한테 말할 것 같은데요. 댓글들을 자꾸 보다 보면 상처받잖아요. 아니면 차라리 SNS를 그만둘래요."

"그래. 그런데 하진이는 어떻게 하고 있지?"

"계속 인스타에 사진을 올리고 있어요."

이런 상황에서도 SNS를 멈추지도, 그렇다고 담임 쌤한테 도움을 요청하지도 않는 박하진의 속내가 궁금하고 답답했다.

뭔가 비밀이 있는 게 아닐까?

"안 그래도 선생님이 지수에게 미션을 줄 때가 되었는데 지수가 딱 맞게 왔구나."

"네?"

"지수, 선생님이 준 필름 카메라 갖고 있지?"

"네. 그렇긴 한데……."

"선생님이 부르면 필름 카메라로 하진이를 찍어 주렴."

"네? 저 보고 박하진을 도촬하라고요?!"

"그게 아니고, 상담 중에 하진이에게 필름 카메라로 사진을 찍어도 되는지 물어볼 거야. 당연히 동의를 구하고 찍어야지."

"그런데 쌤, 제가 저번에 한 번 카메라를 써 봤거든요? 아무 소리도 안 나던데요. 잘 찍혔는지 바로 확인할 수도 없고 너무 불편해요."

"그래 맞아. 아주 불편한 카메라지. 그래도 그걸로 꼭 찍어 줘."

그리고 쌤은 갑자기 생각난 듯 덧붙였다.

"아, 그리고 찍을 때 셔터를 아주 길게 눌러 주렴."

나는 쌤 말이 아리송했다. 하지만 일단 쌤 말대로 해 보기로 했다.

잠시 후, 박하진이 상담실로 찾아왔다. 이번이 세 번째라고 한다. 두 번째 방문은 내가 없는 사이에 이루어졌던 것 같다.

"어서 와요."

"지난번에 선생님이 필름 카메라 줬죠? 선생님이 사진 숙제도 내줬는데, 하진이가 잘해 왔는지 궁금하네요."

"네, 쌤. 사진 찍는 거야 워낙 제가 잘하는 거라 별로 어렵지도 않았어요. 근데 찍을 때 확인을 할 수가 없어서 불편하던데요. 차라리 폰으로 찍으라고 했으면 더 잘 찍었을 거예요.”

박하진도 나와 같은 생각을 한 모양이었다. 잠시 후, 선생님이 나를 부르는 소리가 들렸다.

“지수야, 잠깐 나올래?”

“다음에 사진으로 할 이야기는 다른 사람이 찍어 주는 나의 모습을 발견하는 거예요. 지수가 찍어도 괜찮죠?”

박하진은 괜찮다는 듯이 끄덕거렸다.

“사진이 나오는 데는 시간이 좀 걸릴 거예요. 이게 바로 아날로그가 주는 맛이죠.”

선생님은 미소 지으며 나에게 눈짓을 건넸다. 나는 사진 찍을 준비를 했다.

“찍을게.”

박하진은 고개를 끄덕였다. 박하진은 카메라 앞에 서는 것이 아주 익숙한 듯이 자세를 잡았다. 허리를 꼿꼿하게 펴고 턱은 조금 당겼다. 그리고 눈을 또렷하게 뜨고는 미소를 살짝 지어 보였다. 내가 보기엔 진짜 예뻤다. 하지만 자세히 보니 저번에 보았을 때보다 박하진의 얼굴은 어두워 보였다. 다크서클도 생긴 것 같았다. 나 같아도 내 SNS에 그런 기분 나쁜 댓글들이 달리면 그럴 것 같다.

“자, 이제 시작해 볼까?”

박하진이 상담실을 나간 뒤, 쌤은 필름 카메라를 가지고 작업실로

수상한 상담실, 비밀을 부탁해

향했다. 작업실의 불을 끄고는 내가 알 수 없는 작업들을 했다. 필름을 가지고 어떤 의자에 앉더니 액자처럼 보이는 물체에 필름을 고정하고 그것을 통째로 검은색 어떤 장치에 넣었다. 그리고 앉아서 한참 무언가를 하더니 네모 모양의 두껍고 하얀 종이를 가져와 이상한 냄새가 나는 액체가 담긴 플라스틱 네모 모양의 대야에 넣었다. 그리고 집게로 휘저었다. 나는 이번에는 가까이 다가가 그 하얀 종이를 자세히 살펴보았다. 뭔가가 보이기 시작했다. 이제 진짜 사진을 볼 수 있는 건가?

"지수야, 이제부터 선생님 말을 잘 들어 주었으면 해."

"네? 뭔데요?"

"일단, 지수도 이미 해 봤겠지만 셔터를 눌러도 소리가 나지 않지? 확인할 수도 없었을 거고. 사실은 이 필름 카메라는 사진을 찍을 수도, 이 안에 있는 필름은 사진을 담을 수도 없어."

나는 쌤이 무슨 말을 하는지 하나도 이해가 되질 않았다.

"네? 그럼 왜 박하진을 이 카메라로 찍으라고 하신 거예요?"

"이 카메라는 '걱정' 카메라거든. 이 카메라에 찍힌 사람의 '걱정'을 들여다볼 수 있는 카메라야. 셔터를 오래 누를수록 그 걱정과 관련된 과거의 기억들을 많이 들여다볼 수 있지."

쌤이 진지하게 설명하고 있지만 나는 진심으로 쌤이 영화를 너무 많이 본 게 아닌가라고 생각했다.

"네, 네. 그러니까 쌤 말씀은 이 필름 카메라가 마법의 카메라라고, 찍히는 사람의 걱정을 담을 수 있다, 뭐 그런 얘기예요?"

"마법은 아니지만, 뭐 비슷하게 이해했구나. 이제 지수가 할 일은 서서히 상이 나타나고 있는 필름 사진 속에 담긴 걱정과 관련된 하진이의 기억을 들여다보는 거야."

"제가요? 하지만 그런 일이 가능하다고 해도 쌤이 보시는 게 더 좋을 것 같은데요……."

"물론 그럴 수 있다면야 좋겠지만 선생님은 이 액체 속에 있는 인화지에 상이 나타나 완벽한 사진이 될 때까지 핀셋으로 인화지를 휘젓고 있어야 해. 그리고 정확한 시간에 액체 속에서 꺼내야 하고. 한 번에 여러 가지 일을 하면 일을 그르칠 수도 있거든."

이제야 왜 상담실에 학생이 필요한지 알 것 같았다.

"쌤, 사실 아직 안 믿기긴 한데요. 그래도 일단 시도는 해 볼게요. 어떻게 해야 박하진의 걱정을 볼 수 있죠?"

나는 혼란스러웠지만 속는 셈 치고 해 보기로 했다.

"선생님 얘길 들어 줘서 고맙다. 그냥 이 인화지를 보며 집중하기만 하면 돼. 그럼, 하진이의 기억을 지수가 볼 수 있게 될 거야."

쌤은 잠시 시간을 두고는 이어서 말했다.

"마지막으로 하나 덧붙이면 한 기억을 모두 보고 나왔을 때 뭔가 빨려 들어가는 느낌이 들면서 다음 기억들을 보게 될 거야. 그러니까 시간이 지나 다음 기억을 지수가 보게 되는 거지."

"네……. 그런데 기억을 다 보고 나면요?"

"선생님이 액체 속에서 인화지를 건져 낼 거고 원래대로 상담실이 보일 거야. 준비됐니?"

　나는 어쩔 수 없다고 생각하게 되었다. 지금은 쌤 말을 믿을 수밖에 없을 것 같았다. 그리고 나도 모르게 점점 호기심이 생겼다. 뭔가 내가 드라마 속 주인공이 된 것 같은 기분도 들었다. 늘 대사도 몇 개 없는 엑스트라가 아닌 진짜 주인공 말이다. 더불어 박하진에게 도대체 그동안 무슨 일이 있었던 것인지도 궁금했다.

　"네, 한번 가 볼게요……."

　"그래."

　쌤이 빙그레 웃었다.

　"이 액체 속에 들어가 있는 사진에 상이 나타나고 있어. 그럼 이제 이 형태에 집중하도록 해."

　나는 액체 속에 희미하게 나타나고 있는 사진 속 형태들에 집중했다. 나는 내가 집중력이 없어서 박하진의 기억 속으로 들어가지 못할까 조금 걱정되었다. 하지만 그것도 잠시, 눈을 한 번 깜빡인 순간 내 몸이 빨려 들어가는 듯하더니 전혀 다른 모습들이 눈앞에 펼쳐졌다.

3.

박하진과 친구들

"자, 그럼 반장 인사!"

드디어 수학 시간이 끝났다. 진짜 재미없다. 학교에서는 왜 맨날 이렇게 재미없는 것들만 배울까? 솔직히 학교에서 배우는 것들은 나에겐 하나도 도움이 안 된다. 나는 이미 공부 같은 건 안 해도 돈을 벌 수 있는 방법이 충분히 있다. 사진 몇 장 찍고 인스타에 올리면 보통 애들은 만질 수도 없는 돈이 들어온다. 하긴, 이것도 아무나 할 수 있는 건 아니니까. 역시 공부 같은 건 아무 재능이 없는 애들이나 하는 거다.

수학 쌤이 나가니 애들이 하나둘씩 일어나 삼삼오오 모여 이야기를 나누기 시작한다. 김민정이 내 자리로 다가왔다.

"아, 미친. 진짜 개피곤해."

"그니까. 수학 들으니까 없던 졸음도 몰려와."

"아~ 이제 봄인데 어떤 틴트 사지? 이제 지겨운데."

김민정은 자기 틴트를 꺼내 흔들어 보였다.

"나 이번에 또 인스타로 DM 옴. 저번에 쓰던 거 아직 다 쓰지도 못했는데. 나 여러 개 받았는데 너 하나 줄까?"

"진짜? 색깔 여러 개야?"

내 말에 김민정 얼굴에 화색이 돌았다.

"엄청 주더라니까. 올해 안에 다 쓰지도 못할걸?"

교실 뒤편에서 요란하게 애들이 떠들어 대고 있다. 박예은이다. 박예은은 애들과 장난치며 놀고 있었다. 박예은 주변에는 항상 애들이 넘쳐 난다. 남자, 여자 가릴 것 없이 말이다. 박예은은 나랑 성이 같아 번호가 앞뒤로 붙어 있어서 신경 쓰인다. 박예은은 얼굴도 별로고 SNS도 안 하는데 왜 저렇게 주변에 애들이 많은지 모르겠다.

나는 뭔가 마음속에서 끓어올랐다. 갑자기 저 무리에 끼고 싶어졌다. 나는 일어서서 교실 뒤편 무리로 들어갔다.

"주아야, 고은아. 너네 혹시 틴트 살 때 안 됐어? 나 화장품 들어온 거 있거든."

"헐, 대박! 진짜?"

박예은은 역시 꿈쩍도 않는다. 하지만 어차피 내 타깃은 박예은이 아니었다. 김주아와 최고은이다. 여자애들 흥미 끌기란 쉽다.

"사진 찍어서 올려 달라고 하는데 같이 찍을래? 모델이 여러 명 있으면 좋잖아?"

난 일부러 '모델'이란 단어를 강조해 말했다. '모델'이라는 말에 김주아와 최고은은 눈이 커진다. 역시 쉽다.

"헐 야, 나 이거 대박 쓰고 싶었던 건데!"

"가는 매장마다 없어서 나도 못 샀어."

"하진이면 이 정도쯤이야 쌉가능이지."

김주아와 최고은은 핸드폰을 꺼내 회사 이름을 검색하며 신상 틴트에 대해서 열변을 토하기 시작했다. 난 거기에 맞춰 주기만 하면 된다. 나는 곁눈질로 주변 애들의 분위기를 파악했다. 화장품에 대해서 잘 모르는 남자애들과 박예은은 말이 없어졌다.

"박예은은 남자냐~~?"

"그건 나도 인정이지."

남자애들은 박예은을 놀려 댔다.

"야, 빡치게 하지 마라?"

남자애들 주의까지는 끌 수 없었지만 이것만으로 성공이다. 한편 나는 내 등 뒤의 분위기도 파악했다. 김민정은 다시 자리에 앉아 교실 앞을 바라보며 멀뚱히 앉아 있다 바쁜 척을 한다. 김민정은 꾸준히 나한테 말을 걸고 난 영혼 없이 받아 줄 뿐이다. 사실 김민정과 같이 다니고 싶지 않다. 같이 다녀서 별로 득 될 게 없기 때문이다.

하교 시간을 알리는 마지막 종소리가 울렸다. 김민정이 가방을 챙기고 나에게 다가온다.

수상한 상담실, 비밀을 부탁해

“하진아, 아까…….”

김민정의 말이 끝나기도 전에 나는 얼른 일어나 주아와 고은이의 사이에서 팔짱을 꼈다.

“쇠뿔도 당긴 김에 빼랬다고 오늘 우리 집 가서 구경하자!”

“그럴까?”

“예은쓰~ 하진이네 같이 가자! 같이 구경 가자!”

김주아와 최고은은 박예은에게 딸랑거리며 말한다. 나는 한껏 선심 쓰듯 말했다.

“예은이는 화장품 별로 관심 없지 않아? 괜히 관심도 없는데 가면 심심할 텐데……. 예은이 넌 혹시 뭐 필요한 거 없어? 있으면 갖다줄게.”

“아, 미안한데 필요 없어. 나는 오늘 다른 반 애들이랑 어차피 약속 있어서. 재밌게 놀아! 나 먼저 감.”

박예은은 먼저 나갔다.

“예은이가 있어야 재밌는데!”

“헐 야, 대박. 이거 진짜 거기서 공짜로 보내 준 거야?”

“실화야?”

“공짜가 어디 있어? 광고 글 올려 주라는 거지.”

나는 아무렇지 않다는 듯이 어깨를 으쓱하며 대답했다.

“얼른 써 보자.”

김주아와 최고은은 신이 난 듯 말했다.

"이제 사진 찍자. 내 핸드폰으로."

나는 카메라 앱을 켰다. 애들과 셀카 모드로 사진을 여러 장 찍었다.

"사진 찍은 거 확인해 보자!"

"아냐. 나중에 카톡으로 한 번에 보내 줄게."

색조 화장을 하고 고치고 사진 찍고를 몇 번씩 반복했다. 나는 이때가 가장 즐겁다. 가장 예쁘게 화장을 하고 가장 분위기 있는 필터를 넣어 사진 찍을 때 말이다.

하지만 오늘은 애들이랑 같이 있어서 나만의 그런 느낌이 잘 살지 않는다. 남들하고 사진 찍을 땐 내가 중심이 되어선 안 되고 조금씩 배려해 주어야 하기 때문이다. 그래서 원래 광고하는 게시글을 올릴 때는 혼자 찍는다. 하지만 오늘은 어쩔 수 없었다.

"하진아! 사진 꼭 보내 줘~~!"

애들을 보내고 나는 다시 사진을 확인해 보았다. 역시 마음에 안 든다. 나는 다른 앱을 켜서 나와 애들 얼굴에 보정 작업을 시작했다. 광고 제안을 받은 건 난데 당연히 내가 더 잘 나와야 하는 거 아닌가? 화장품도 빌려주고 사진까지 찍어 줬는데, 내 얼굴 보정 조금 더 했다고 뭐라 안 하겠지.

이튿날, 배가 아파서 2교시가 끝나고 쉬는 시간이 되자마자 종종걸음으로 화장실로 갔다. 문고리를 옆으로 밀어 문을 열고 나오려는 순

수상한 상담실, 비밀을 부탁해

간, 김주아와 최고은의 목소리가 들렸다.

"고은, 너 박하진이 어제 올린 인스타 봄?"

나는 다시 문을 닫고 문고리를 잠갔다. 숨을 죽이고 귀만 기울였다.

"야, 당연하지. 진짜 얼척 없어."

"그거 자기 얼굴만 보정한 거?"

"아, 난 심지어 표정도 개이상해, 진짜."

"아니, 사진을 올릴 거면 우리한테 먼저 물어보고 올렸어야 되는 거 아님?"

"그러니깐. 한 마디 상의도 없이 자기 멋대로 올리고."

"댓글도 온통 박하진 찬양글이야."

"모르는 사람들한테 우리 얼굴만 완전 팔리고 박하진만 돋보이게 해 준 거잖아."

"이거 솔직히 초상권 침해야."

"어제 나한테 혜주가 그러는데 박하진이 일부러 그러는 거래. 교묘하게 자기만 예쁘게 보이려고 애들 이용하는 거래. 벌써 여러 명 당했다 함."

"진짜 기분 나쁘다. 재수 없어. 가서 박하진한테 사진 내리라고 하자."

이게 내가 본 박하진의 첫 번째 기억의 마지막 장면이었다.

4.
그 화장품도 혹시 훔친 것일까?

"진짜 안 걸리는 거 확실해?"

"그렇다니까. 여기는 CCTV도 없어. 가게 주인 주의만 잘 돌리면 된다니까?"

'고혜진을 믿을 수 있을까?'

"쫄기는. 그럼 네가 가게 주인을 따돌려. 내가 물건을 맡을 테니까."

"어떻게 따돌리란 말이야? 그게 더 어렵잖아."

"너는 '박하진'이잖아. 가게 주인도 너라면 알걸? 그럼 쉽게 따돌릴 수 있을 거야. 내가 먼저 들어갈 테니까 너는 1분 있다가 문구점으로 들어와."

고혜진은 문구점으로 바로 들어가 버렸다.

수상한 상담실, 비밀을 부탁해

'으, 어떻게 하지? 이런 짓 한 번도 해 본 적 없단 말이야!'

난 눈을 딱 감고 문구점으로 걸어 들어갔다. 가게 안으로 들어오니 가게 주인아저씨는 별로 신경 쓰지 않는 듯했다. 고혜진이 이 문구점을 고른 이유가 바로 이거다. 원래 이 가게 주인아저씨는 그랬다. 누가 오든 간에 별로 신경 쓰지 않는다. 그러다 계산하려는 사람이 오면 그제야 일어나서 계산을 해 준다.

나는 고혜진과 눈이 마주쳤다. 고혜진은 얼른 가게 주인 쪽으로 가라는 듯 눈짓을 보냈다. 계속 주인아저씨의 눈치를 보다가 천천히 계산대가 있는 쪽으로 걸어갔다.

"저, 아저씨."

아저씨가 고개를 든다.

"여기 혹시…… 립밤 같은 건 안 파나요……?"

"립밤? 립밤이 뭐냐?"

"입, 입술에 바르는 거요……."

"여기에 그런 게 어디 있어?"

아저씨는 퉁명스럽게 대꾸했다.

"저, 저기 학교 건너편에 있는 문구점은 팔던데요……."

"글쎄, 우리는 그런 거 없대두."

시간을 더 끌어야 할 것 같다. 나는 재빨리 핸드크림을 생각해 냈다.

"그, 그래요? 그럼 핸드크림은요?"

"글쎄, 우리는 화장품 같은 건 안 팔아. 화장품은 화장품 가게에서 사야지."

"그럼 지우개 살게요. 얼, 얼마예요?"

"700원이다."

아저씨는 계산하는 듯하더니 갑자기 고개를 빳빳하게 들고 내 얼굴을 대뜸 쳐다보았다. 그리고 명찰을 봤다.

'뭐지? 혹시 들켰나? 고혜진과 내가 공범이란 게?'

"왜, 왜 그러세요?"

"네가 박하진이냐?"

"왜요?"

'개망.'

"아니, 우리 딸이 달월중 1학년이야. 올해 입학했는데 '박하진'이라고 있다고 보고 싶다고 난리였거든."

순간 긴장이 확 풀려 버렸다.

"그, 그래요? 제가 SNS를 좀 하거든요."

"나중에 우리 딸한테 말해 줘야겠구나."

나는 고혜진이 성공하든 말든 얼른 700원짜리 지우개를 계산하고 문구점 밖으로 나왔다. 나오긴 했지만 문구점 안에서의 목소리는 잘 들렸다. 고혜진은 아주 능청스럽게 가게 아저씨에게 물었다.

"아저씨, 여긴 핸드크림이 없나 봐요?"

"없다니까. 오늘은 화장품을 찾는 애들이 많네."

"없음 말구요."

고혜진은 아무렇지 않게 가게 밖으로 나왔다. 그리고 내가 있는 쪽으로 왔다. 고혜진은 자신이 훔친 액세서리 핀을 꺼내 보여 주었다. 여러 개였고, 반짝거리는 비즈가 박힌 것을 보니 고가의 핀인 것 같았다.

"거봐. 내 말이 맞지?"

고혜진은 으쓱거리며 말했다.

"와, 대박."

이게 진짜 가능한 거였어? 미션을 클리어한 느낌이 들었다. 긴장이 풀리면서 스트레스가 해소되는 느낌이다. 답답한 마음도 가라앉는다.

"어때? 진짜지? 이 짜릿함 때문에 스트레스가 확 풀린다니까?"

내가 처음 고혜진을 알게 된 건 화장실에서 김주아와 최고은이 내 뒷담을 깠을 때였다. 나는 억울하고 분했다.

화장품까지 빌려 쓰게 해 주고, 화장품도 골라 가게 해 주고, 사진도 찍어 주고, 되도 않는 얼굴들 보정해 주고 인스타에 기껏 올려 줬더니 나에게 돌아오는 게 뒷담이라니……. 나는 억울하고 분한 마음에 손을 빠득빠득 씻어 냈다. 그 때 사실 고혜진도 화장실에 있었다. 고혜진이 나에게 먼저 말을 걸었다.

"진짜 얼척 없다. 손절해 그냥."

나는 내 편을 들어 주는 고혜진에게 그동안 있었던 일을 모조리 털어놓았다. 분하고 억울한 마음을 모조리 토해 냈다.

"왜 그냥 듣고만 있어? 너도 똑같이 되갚아 주면 되잖아."

"안 돼. 그랬다가 인스타에 저격글 올리기라도 하면 어떡해."

그게 제일 무섭다. 그래서 난 짜증 나는 일이 있어도 애써 참아 왔다. 괜히 거슬리는 말을 하면 별것도 아닌 애들한테 꼬투리를 잡히기 때문이다. 그런 이상한 애들이 꼬일 때면 난 교묘하게 잘라 낸다. 김민정한테 그랬던 것처럼 말이다. 그래도 이 답답함은 해소가 안 된다.

하지만 지금 이 일탈이 나한테 해방감을 주었다. 짜릿함으로 긴장이 한껏 올라가 있다가 확 풀리는 느낌이 마치 롤러코스터를 타는 느낌이었다. 연예인의 은밀한 사생활 같은 걸 하고 있는 것 같다.

나는 고혜진과 두 번째 일탈을 시작했다. 이번엔 작은 슈퍼마켓이었다. CCTV라곤 없을 것 같은 구멍가게다. 오늘은 고혜진이 가게 주인 담당이고, 내가 물건 담당이다. 나는 고혜진이 그랬던 것처럼 가게에 먼저 들어와 어떤 물건을 훔칠지 물색했다. 3분쯤 지났을까, 고혜진이 들어와 가게 주인에게 물건을 고르는 척하며 이것저것 물어보기 시작했다. 나는 내 앞에 보이는 물건을 집어 가방에 슬쩍 넣었다. 아직 긴장한 채다. 나갈 때까지 끝난 게 아니다.

바로 그 때, 누군가가 내 손목을 홱 잡았다.

박예은이다!

박예은은 내 가방 속에 있던 것들을 뺏어 잽싸게 원래 자리에 두고는 내 손목을 끌고 밖으로 나갔다. 나는 박예은한테 질질 끌려갔다. 하필 박예은한테 걸리다니! 재수가 없게 됐다! 뭐라고 말하지?

"너 지금 뭐 하는 거야?"

박예은이 소리를 질렀다.

"보, 보고도 몰라? 물건 고르고 있었잖아!"

이럴 땐 잡아떼고 보는 게 먼저다.

"계산도 안 한 걸 가방에 넣는단 말이야?"

"가서 계산하려고 했거든? 니가 뭔 상관이야?"

"거짓말하지 마. 당장 학교에 가서 말할 거야."

"안 돼!"

고혜진도 동시에 외치며 박예은을 붙잡았다. 분명 학교에서 알게 되면 일이 커질 것이다! 담임 쌤은 부모님까지도 오게 할 거다. 그리고 소문이 퍼질 거다. 얼마 안 가서 내 인스타에 온갖 욕과 비난들이 난무하게 될 거다.

"니가 원하는 게 뭐야?"

"내가 원하는 게 있어서 선생님께 말씀드리겠다고 한 줄 알아? 너네 그거 범죄야."

"그래, 말해 봐! 말하면 어떻게 되는지!"

"좋아. 내가 말하러 가진 않을 거야. 대신 네가 직접 말해."

"뭐라고?"

"내가 봐주는 건 여기까지야. 네가 직접 말하러 갈지, 앞으로 계속 그 행동을 할 건지 잘 생각해 봐."

박예은은 휙 돌아 학교와 반대편으로 걸어갔다.

"됐어, 잘된 거야. 지가 말하면 솔직히 쌤들이 계속 물어볼 거고 그럼 귀찮은 일이 생길 텐데 그러겠어? 그리고 가방에 넣는 거만 봤다며. 따지고 보면 훔쳤다고 할 수도 없으니까 괜찮아."

고혜진은 위로라도 하듯이 나에게 말했다.

전보다 더 깊숙한 불안감이 몰려왔다.

'박예은이 다 까발리면 어쩌지? 초조해진다……. 다 까발려지면 내 인생도 끝이라고.'

일단 며칠이 지나도 소문은 일어나지 않았다. 박예은이 정말 입을 다물기로 한 걸까? 난 아직 담임한테 말하지 않았는데? 하지만 여전히 불안하다. 나는 또 들킬까 봐 더 이상 일탈 행위를 할 수 없었다. 이런 내 맘을 아는지 모르는지 고혜진은 만나기만 하면 나를 꼬셔 대는 통에 계속 피해 다니기로 작정했다.

고혜진은 아무것도 잃을 것이 없다. 그래서 저렇게 계속하자는 거겠지. 하지만 난 잃을 게 많은 사람이다.

아직 박예은이 말하지 않았다고 해도 언제 폭로할지 알 수 없는 일이었다. 난 박예은에게 약점을 잡힌 거다. 박예은이 말하기 전에 뭔가 손을 써 두어야 할 것 같다. 일단 보이는 곳에선 최대한 애들한테 잘해 주어야 한다.

나는 먼저 여자애들부터 손을 쓰기로 했다. 여자애들을 매수하는 건 간단하다. 여자애들 관심에 공감하며 화장품으로 마음을 사는 거다. 애들은 순진하게 화장품을 받아 들었다. 그리고 대화가 오고 갈 때 밑밥 까는 것도 잊지 않았다. 아무래도 박예은이 나를 싫어하는 것 같다고 말이다.

하지만 내 노력은 물거품이 되었다. 내 인스타 사진에 누가 썼는지 알 수 없는 댓글이 달렸다.

"그 화장품도 훔친 거 아님?"

나는 너무 놀라 서둘러 그 댓글을 지웠다. 하지만 여러 군데에 이미 댓글이 남겨져 있었고 이미 많은 애들이 본 직후였다. 박예은이 결국 소문낸 거야? 온갖 정의로운 척은 다 하더니! 아니면 혹시 고혜진이 나를? 자기랑 같이 안 한다고 복수한 건가?

몇몇 애들은 신고하라고 했지만, 나는 그럴 수 없었다. 정말로 신고 했다간 내가 고혜진이랑 같이했던 행동들까지도 까발려질지도 모른 다. 하지만 그렇다고 해서 여기서 쫄면 나를 의심하겠지?

나는 오히려 더 많이 인스타 게시글들을 올렸다. 나는 그런 것 따위 로는 아무렇지 않다는 듯한 메시지를 주는 거다.

그러나 그 알 수 없는 놈의 댓글은 점점 내 인스타 계정을 엉망진창 으로 만들어 놓았다. 다른 애들까지 나에 대한 폭로성 댓글들을 점점 올리기 시작했기 때문이다. 본인들이 직접 목격하지도 않은 행동을 마 치 목격하고 사실인 것처럼 너무 자세하게 적어 놓아서 정말 나까지도 내가 정말 그랬나 의심이 들 정도였다……

내가 도대체 뭘 잘못했다고? 내가 무슨 피해를 줬다고 싸잡아 욕하는 거지? 나한테 이렇게까지 하는 이유가 대체 뭐야! 내 머릿속에는 욕으로 가득했다.

5.
솔직할 수 있는 용기

"쌤, 제가 박하진을 도울 수 있는 방법은 없을까요?"

나는 원래대로 돌아왔다.

"지수가 본 것은 하진이의 지난 과거의 기억이야. 몇 가지 기억을 본 것으로 하진이가 했던 과거의 선택과 행동을 바꿀 수는 없어."

"그럼, 어떻게 하죠?"

"과거에 하진이가 했던 선택과 행동은 바꿀 수 없지만 현재의 하진이를 바꾼다면 앞으로 하진이가 하게 될 미래의 선택은 변화시킬 수 있지. 변화란 과거로부터가 아니라 '지금 바로 여기'서부터 시작되는 거니까."

"그게 가능할까요?"

"그게 바로 선생님이 해야 할 일이지. 자, 이게 아까 지수가 하진이의 걱정과 관련된 기억들을 보고 왔던 그 사진이란다."

액체 속에서 희미하게 형태가 나타나려 했던 사진에는 박하진의 얼굴이 선명하게 담겨 있었다.

"선생님이 사진을 이용하는 건 그 사람의 기억을 보기 위해서뿐만이 아냐. 사진을 이용하면 그 사람의 마음도 자연스럽게 치유될 수 있거든."

"치유된다고요?"

"그래, 사진을 통해 솔직하게 말하기 어려운 것들을 말할 수도 있다고 했지? 그것뿐 아니라 자신을 나타내는 물건을 찍거나 자기 자신의 모습을 직접 찍고, 또 다른 사람이 찍어 준 나의 모습을 보며 자기 자신을 되돌아볼 수도 있지. 그래서 선생님이 하진이에게도 필름 카메라로 사진 찍는 숙제를 내준 거란다. 하진이에게 준 건 걱정 카메라는 아니지만 말이야."

쌤은 미소 지으며 말했다.

"선생님은 다음 상담 때 하진이에게 지수가 하진이를 찍어 준 사진을 보여 주려고 해. 사진 뒷장에 하진이에게 전하고 싶은 말을 남겨 주렴. 이 사진은 더 이상 하진이의 걱정을 보여 주는 능력은 없어졌지만 하진이에게 도움이 될 거야."

나는 박하진에게 하고 싶은 말을 생각했다. 순간 예은이의 얼굴이 떠올랐다. 예은이와 박하진의 차이점은 뭐지? 겉으로는 박하진이 훨씬 예쁘고 잘나 보일지도 모른다. 하지만 박하진이 갖고 있는 그 어떤 것도 애들의 마음을 돌릴 수는 없었다. 박하진은 친구와의 우정도, 친구와의 신뢰도 쌓지 못했다. 아무리 박하진이 비싼 화장품들로 애들을 꾀어도 애들은 화장품만 챙길 뿐 박하진과 친구가 되려 하지 않았다. 반면 아이들은 예은이를 뒷담하지도 않았다.

나는 뒷면에 내가 전하고 싶은 말을 적어 박하진의 사진을 쌤한테 건넸다.

"그런데 쌤! 어떻게 이런 일이 일어날 수가 있는 거죠?"

"글쎄, 세상에는 설명할 수 없는 온갖 신기한 일들이 일어나기 마련이지."

"쌤, 지금까지 이렇게 학생들을 돕고 계신 거였어요?"

"보통은 학생들의 기억 속을 들여다보지 않고 학생들과 대화하며 해결하려고 노력하지. 하지만 그게 때로는 쉽지 않아. 사람은 누구나 자신을 지키려는 방어 기제를 갖고 있거든."

"방어 기제요?"

"다른 사람에게 들키고 싶지 않은 마음이나 일이 있을 때면 그것을 들키지 않기 위해 고슴도치처럼 가시를 세우는 거야. 선생님이 상담하면서 가장 바라는 것은 학생들이 자신이 갖고 있는 고민을 혼자서 담아 두지 않는 거란다. 혼자 가는 길은 너무 외롭지 않을까?"

며칠 후 쌤은 박하진에게 내가 찍은 사진을 전해 주었다고 말하며 박하진이 그 때 한 말도 나에게 전해 주셨다.

"항상 셀카로만 사진을 찍었는데 다른 사람이 찍어 준 제 모습을 보니까 뭔가 새롭네요. 찍어 줘서 고맙다고 전해 주세요."

나는 박하진의 건강을 위해 더 이상 SNS를 하지 않는 것이 좋겠다는 상담 쌤의 강력한 권유로 박하진이 SNS 계정을 탈퇴한 것을 알았다.

박하진은 부모님과 함께 가서 그동안 훔쳤던 물건을 변상하고 가게 주인아저씨들에게 죄송한 마음을 전했다. 물론 이 부분은 다른 애들은 모르게 진행된 일들이었다. 박하진이 저지른 일에 대한 책임은 스스로 지게 해야 한다는 것과 괜히 이 사실을 다른 학생들이 알게 됨으로써 또 다른 폭력을 낳지 않게 하는 것이 쌤들이 내린 결론이었다고 한다.

그 대신 박하진은 상담 쌤과 꾸준히 상담받기로 약속했다. 나도 이 정도로 끝난 것이 운이 좋은 일이라고 생각한다. 또한 깨달은 것이 한 가지 있었다. 나는 친구가 많이 없지만 나를 진심으로 생각해 주는 친구가 2명이나 있다는 사실이다. 그리고 궁금해졌다. 왜 민주와 예은이는 내 곁에 있어 주는 걸까?

"민주야, 예은아, 어쩌다 나는 너희랑 친구가 됐지?"

"초등학교 6학년 때 다 같은 반 됐잖아."

"글쎄, 난 우리 셋이 대화가 잘 통한다고 생각했어."

"그리고 난 쫌 고마운 게 항상 민주도 그렇고 지수도 그렇고 내 얘길 잘 들어 주는 거. 너네도 알다시피 내가 입을 안 쉬잖아."

예은이는 약간 장난스러운 투로 말했다. 친구를 사귈 때 특별함은 필요 없는 것 같다. 하지만 친구를 진심으로 대하는 마음, 알아 가려는 관심과 배려는 필요한 것 같다. 평범한 내 옆에 있어 주는 민주와 예은 이가 고맙다.

· 2부 ·

조용한 약탈자 고혜진

I.
누가 박하진의 SNS에 올렸을까?

"야, 봤어? 박하진 인스타 계정 삭제함."

"당연하지! 근데 거기 댓글들 다 실화야?"

"솔직히 자기도 찔려서 삭제한 거 아냐?"

나는 박하진이 고혜진과 함께했던 나쁜 행동들을 누가 박하진의 SNS에 올렸을까 궁금해졌다. 일단 예은이는 아닐 것이다. 아무리 그 비밀이 범죄 행위라고 할지라도.

또 나는 고혜진이 박하진과 함께 그 '일'을 그만두기로 한 것인지, 혼자 아직 그 '일'을 하고 다니고 있거나 새로운 단짝을 찾아 그 '일'을 하고 다니는 것은 아닌지 궁금해졌다.

"쌤, 고혜진은 어쩌죠?"

"그래, 아직 혜진이를 만나 보지 않았지."

쌤이 전화기를 돌렸다.

"선생님 안녕하세요? 상담실 이소영입니다. 네, 선생님 반에 고혜진 학생 있죠?"

"네, 네. 혹시 그럼 고혜진 학생에 대해서 잠깐 이야기 나눌 수 있을까요?"

"네, 선생님. 감사합니다. 그럼 시간 날 때 잠시 들러 주세요."

잠시 후 고혜진의 담임 쌤이 상담실로 들어왔다.

"선생님, 오셨군요? 이리 앉으세요."

"네, 안녕하세요. 선생님께서 사실 혜진이에 대해서 물어보실 줄은 몰랐어요."

고혜진 담임 쌤이 먼저 말을 꺼냈다.

"그러실 거예요. 여러 학생들을 관찰하고 이야기도 듣다 보니 혹시 혜진이한테 제 도움이 필요하진 않을까 해서요."

"솔직히 조금 놀랐어요. 혜진이가 눈에 띄는 학생은 아니거든요. 근데 혜진이는 뭐랄까, 생각을 읽을 수가 없다고나 할까요? 제가 뭘 물어도 항상 단답이죠. 소통이 잘 안 되는 부분들이 있어요. 부모님께서도 꽤 바쁘신지 제가 전화를 드려도 잘 받지 않으시고요. 크게 문제를 일으킨 학생은 아니어서 일단은 그냥 두고 있었죠."

고혜진네 담임 쌤은 정확하게 고혜진이 어떤 짓을 하고 다니는지 잘 모르는 것 같았다. 고혜진은 겉과 속이 다른 애인 듯했다. 나는 그런 부류의 애들이 가장 싫다.

"그렇군요. 그럼 최근에 혜진이에게 고민이나 문제 같은 건 없었나요?"

"네, 그런 일은 없었던 것 같아요. 혹시 선생님께서 혜진이에 대해서 아시는 것이 있나요?"

"아니에요. 그런 것은 아니고 그냥 궁금해서요. 그럼 혹시 제가 내일부터 혜진이와 이야기를 해 봐도 될까요?"

이튿날, 나는 고혜진이 오기 전에 재빨리 상담실에 도착했다. 나도 고혜진이 어떤 애인지 무척 궁금했다. 잠시 후 누군가가 상담실 문을 두드렸다.

"들어오세요."

역시나 문을 열고 들어온 사람은 고혜진이었다. 내가 박하진의 기억 속에서 본 그대로다. 마치 텔레비전에서만 보았던 연예인을 직접 눈으로 목격한 기분이다.

"안녕하세요."

아주 딱딱한 말투다. 고혜진은 자신이 여기 오게 된 것이 무척 달갑지 않은 모양이다.

"어서 와요. 여기 앉도록 해요."

고혜진은 상담 쌤이 안내하는 자리에 앉았다.

"담임 선생님으로부터 얘기는 들었을 거예요. 선생님이 혜진 학생과 대화를 나누어 보고 싶어서 상담실로 오라고 했어요."

"네……."

고혜진은 말끝을 흐렸다. 고혜진은 정말 오기 싫었던 눈치였다. 갖고 있던 핸드폰을 계속 만지작거렸다.

"혜진 학생은 박하진 학생과 친하게 지냈죠?"

상담 쌤이 '박하진'이라는 이름을 꺼내자 고혜진은 입을 씰룩거렸다. 불편한 기색이었다. 하지만 고혜진은 내가 박하진의 마음속에서 보았던 것처럼 연기를 아주 잘했다. 아무렇지 않은 듯이 대답했다.

"지금은 안 친해요."

저 말은 아마 사실일 것이다. 하지만 아주 상당히 적대적인 말투였다. 이게 쌤과 고혜진의 첫 상담이었다. 고혜진도 박하진과 마찬가지로 좀처럼 자기 마음을 터놓을 줄 모르는 것 같았다. 저번에 쌤이 말한 '방어 기제'란 게 고혜진에게도 있는 걸까?

상담 쌤은 두 번째 상담 때 박하진과 마찬가지로 고혜진에게도 필름 카메라를 주며 사진을 찍어 오는 숙제를 주었다고 한다.

세 번째 상담 날, 드디어 쌤이 나를 불렀다. 나는 박하진에게 그랬던 것처럼 필름 카메라로 고혜진을 찍어 주었다. 고혜진은 여전히 불만이 가득한 표정으로 비딱하게 카메라 렌즈를 쳐다보았다. 고혜진의 걱정 관련된 기억들이 많이 담기도록 셔터를 길게 눌렀다.

"지수, 준비됐니?"

"네. 쌤, 고혜진은 뭘 찍었대요?"

"선생님이 혜진이에게 찍어 오라고 한 사진 숙제는 내가 좋아하는 것과 싫어하는 것이었는데 좋아하는 것은 하나도 없다며 찍지 않았단다. 그리고 싫어하는 것으로 집을 찍었다더구나. 그 이유는 자세히 이야기하지 않았지만 말이야."

'고혜진의 고민은 가족과 관련이 있는 걸까?'

나는 이번엔 마음의 준비가 좀 더 되어 있었고, 오히려 이번엔 조금 기대감도 들었다.

나는 심호흡을 한 번 하고 액체 속에서 점점 선명하게 형태가 보이는 사진을 가만히 보며 집중했다. 점점 액체 속으로 빨려 들어가는 것 같았다.

2.

외롭고 쓸쓸한 초등학생 고혜진

"혜진아, 엄마 이제 나가 봐야 해. 아침밥은 식탁 위에 차려 뒀으니 꼭 먹고."

엄마의 정장은 항상 멋있다.

"엄마 오늘은 몇 시에 집에 와? 오늘도 늦어?"

"어쩔 수 없잖아. 엄마가 대신 아빠한테 전화해서 일찍 들어오라고 할게. 엄마 늦었어. 갔다 올게."

엄마는 뾰족한 정장 구두를 신고는 현관문을 열고 나갔다. 나는 식탁으로 가 앉아 밥을 먹었다. 마침 아빠가 방에서 나왔다.

"혜진아, 아빠 간다."

아빠도 멋진 정장 차림이다.

"아빠 오늘 일찍 들어오는 거지? 엄마가 아빠 오늘 일찍 들어온다는데."

"뭐라고? 아빠 오늘 저녁에 중요한 약속이 있는데. 네 엄마는 어떻게 나한테 물어보지도 않고……."

아빠는 나왔던 방으로 다시 들어가 버렸다. 그리고 잠시 후 통화하는 소리가 들렸다. 난 아빠가 누구랑 통화하는지 단번에 알아냈다.

"당신, 혜진이한테 나 오늘 일찍 들어올 거라고 얘기했어?"

"아니, 그런 얘기를 멋대로 하면 어떡해? 나 오늘 중요한 일 약속이 있다고."

"당신만 바쁜 거 아냐. 내 일도 중요해! 난 오늘 절대 약속 취소 못하니까 그런 줄 알아!"

전화를 끊었는지 아빠가 방문을 열고 거실로 나왔다. 나는 최대한 못 들은 척 연기를 하며 밥을 먹었다. 아빠는 내 옆으로 와 내 어깨를 감쌌다.

"혜진아, 미안한데 어쩌지? 아빠가 오늘 아주 중요한 약속이 있어. 취소할 수 없는 아주 중요한 건데, 끝나는 대로 빨리 집으로 올게. 혜진이 이해할 수 있지?"

"알았어……. 그 대신 빨리 와."

"그럼."

아빠도 엄마처럼 멋진 구두를 신고 현관문을 열고 나갔다. 나는 내가 먹고 있는 찬밥처럼 혼자 남겨졌다.

　　　　　　　　　　　　　　　　　　수상한 상담실, 비밀을 부탁해

이 큰 집에서 긴 시간을 보내기 위해 온종일 텔레비전을 보거나 컴퓨터를 켜서 게임을 했다.

저녁 6시다. 전화를 걸었다.

"엄마, 언제 와?"

"엄마 오늘 늦는다고 얘기했잖아. 8시는 넘어야 할 거야. 아빠 곧 오실 거야."

"아빠도 오늘 중요한 약속이라고, 늦는다고 했는걸."

"니네 아빠는 약속 취소 안 했다니? 으휴, 정말. 그렇게 일이 좋으냐고."

'그건 엄마도 마찬가지면서.'

"엄마도 빨리 가고 싶은데 그게 안 돼. 최대한 빨리 갈게. 아빠한테도 전화해 봐."

"알았어."

나는 하고 싶은 말을 하지 못하고 끊었다. 나는 식탁 위에 있는 식빵에 냉장고에서 꺼낸 딸기잼을 발랐다. 우걱우걱 씹힌다. 그리고 우유도 잊지 않고 꺼내 마셨다. 나는 낮에 했던 게임을 마저 했다.

10시가 지날 무렵, 현관문이 열리는 소리가 났다. 나는 누가 왔는지 나가 보지도 않고 자는 척을 했다. 방문 열리는 소리가 들렸다. 눈 감고도 발소리만 들어도 안다. 엄마가 먼저 온 거다.

"으휴, 이 인간, 아직도 안 온 거야? 내가 못 살아!"

순간 또다시 현관문 열리는 소리가 났다. 물론 당연히 아빠겠지. 엄마는 아빠가 멋진 구두를 벗는 소리가 나자마자 하고 싶은 말을 쏟아 냈다.

"당신, 지금이 몇 시야? 내가 오늘 혜진이 때문에 일찍 들어오라고 했지?"

"당신만 일해? 나도 일 때문에 늦게 들어온 거야. 그리고 지킬 수 있는 약속을 애한테 말해야지, 나한테 물어보지도 않고 혜진이한테 그런 얘길 해?"

"오늘 늦겠다고 한 적 없었잖아! 당신이 먼저 나한테 얘길 했어야지. 그래야 내가 회사에서 조정을 하든 말든 할 거 아니야?"

"으휴, 됐다. 방학인데 언제까지 아직 초등학교 2학년짜리 애를 혼자서 집에 둘 셈이야? 걱정되지도 않아?"

"그래서 당신 보고 일찍 들어오라고 한 거 아냐?"

"됐으니까 이제부터라도 혜진이 어디라도 보내."

내가 원하는 건 엄마 아빠랑 같이 있는 건데…….

3.
배신이라니, 그런 거 아냐!

"수빈아, 우리 다시 시청각실로 올라가야 되잖아."

"괜찮아. 한 5분만 교실에 있다가 가자. 계속 똑같은 자세로 앉아서 설명을 들으니까 힘들단 말이야."

수빈이가 투덜거렸다. 나는 수빈이와 6학년 2반, 우리 교실 안으로 들어갔다. 의자에 앉아 수빈이와 서로 마주 보았다.

"정말 저런 강의는 왜 하는지 모르겠어. 사실 교실에서 수업 듣는 것 보다는 훨씬 낫지만 말이야. 가만히 있어도 되고."

"맞아. 완전 귀찮아."

나는 수빈이의 말에 한마디 거들었다. 솔직히 나도 동의한다. 수빈 이는 고개를 끄덕거렸다. 그리고 뒷자리를 슬쩍 보더니 말했다.

"근데 박은하 너무 나대지 않아? 오늘도 모둠 활동 할 때마다 엄청 떡떡거리고 자기 말만 맞다고 하는 게 꼴 보기 싫어. 진짜 귀 아파 죽겠어."

"걔가 자기 마음대로 하려고 하는 게 좀 있지."

나도 그렇게 생각했기에 이번에도 맞장구를 쳐 줬다.

"근데 남자애들한테는 엄청 잘 보이려고 하잖아. 그리고 일부러 남자애들한테 물건도 빌리고."

"난 불편해서 못 빌리겠던데. 여자애들이 더 편해."

"그치? 하여간 진짜 거슬려. 완전 나대."

"박은하 오늘 블루투스 이어폰 가져왔던데. 아침에 학교에 왔을 때 교실에 들어와서 귀에서 빼더라구."

"그래? 꼭 그렇게 티를 내요~!"

"분명 자랑하고 싶어서 가지고 왔겠지. 하여간 뭐든 튀어 보려고 애쓴다니까?"

수빈이는 잠시 말이 없었다. 그러고는 작은 목소리로 말했다.

"숨기자."

"뭐를?"

"박은하 거 숨기자고."

"블루투스 이어폰 말하는 거야?"

"그럼 뭐겠어?"

"그건 좀……."

나는 수빈이의 말에 머뭇거렸다. 그건 범죄 행위 아닌가? 남의 물건에 함부로 손을 댄다니?

"너도 박은하 거슬린다고 했잖아. 그리고 애초에 가지고 오지 말라고 했는데 가져온 게 잘못이지. 안 그래?"

"하지만……."

"우리가 갖겠다는 게 아니잖아. 그냥 구석에 숨기자는 거지."

"그러다 들키면 어쩌려고?"

"체육 쌤은 누가 자리에 없는지 신경도 안 쓸걸? 지금 교실에 우리밖에 없잖아. 아무도 없으니 우리가 숨겼다는 증거도 없고. 그리고 오늘 담임 쌤은 아프셔서 학교 안 나왔잖아. 내일 박은하가 쌤한테 얘기한다 해도 뭐 별수 있겠어?"

"그래도……."

"그냥 잠깐 다른 장소에 두는 거라니까? 그러고 박은하가 찾아 달라고 하면 같이 찾는 척하면서 돌려주는 거지."

"하지만 그것도 남의 물건에 함부로 손대는 거잖아."

"그러게 누가 그렇게 나대래? 그래서 너 안 하겠다고? 배신하는 거야?"

'배신'이라는 단어를 잔뜩 강조하여 말했다.

"배신이라니! 그런 거 아냐!"

수빈이의 입에서 '배신'이라는 단어가 나오니 나는 손사래를 쳤다.

"그럼 뭐야, 너 박은하 감싸는 거야? 너 박은하 친구야? 아니면 내 친구야?"

수빈이는 화난 목소리로 말했다.

"당연히 네 친구지!"

나는 펄쩍 뛰며 말했다.

"그럼 내가 할 테니까 넌 가만히 있어. 그 대신 아무한테도 말하지 마. 알았지?"

"알겠어……."

수빈이는 얼른 박은하의 가방을 뒤져 블루투스 이어폰을 찾았다. 그러고는 교실 뒤쪽에 있는 번호가 부착되어 있지 않은 사물함 몇 개를 열었다. 그 사물함에는 여러 가지 청소용품들이 들어 있었다. 수빈이는 손을 뻗어 청소용품들 중 고이 접혀 있던 파란색 걸레를 꺼내 블루투스 이어폰을 걸레 속에 넣었다. 아주 치밀한 수법이다. 그러고는 다시 사물함에 넣고 사물함 문을 닫았다.

"이러면 됐겠지? 이제 가자!"

수빈이는 속이 후련하다는 듯이 말하고는 내 팔짱을 꼈다. 그러고는 교실 밖으로 나갔다. 정말 괜찮을까?

잠시 후 강의가 끝나고 애들이 교실로 들어왔다. 6교시가 모두 끝나 애들은 가방을 챙기고 하교할 준비를 했다. 나는 수빈이와 곁눈질을 하며 박은하가 가방 챙기는 모습을 지켜보았다. 박은하는 가방을 뒤적 거렸다. 그리고 손을 떨면서 가방에 있던 온갖 물건을 쏟아 냈다.

"아씨, 난 몰라!"

수상한 상담실, 비밀을 부탁해

"왜, 무슨 일이야?"

애들이 박은하를 둘러싸며 물었다.

"난 어떡해! 엄마한테 혼날 텐데……."

어쩔 줄 몰라 하는 박은하의 모습을 보고 애들은 박은하를 위로하고 이어폰을 같이 찾아 주려 했다. 나와 수빈이도 도와주는 척을 했다. 하지만 번호가 없는 사물함 안에 있던 걸레 속에 숨겨 놓은 블루투스 이어폰을 애들이 찾을 수 있을 리가 없었다. 그러다 혜민이가 힘들었는지 조금 핀잔을 주었다.

"그러게 왜 가져왔어!"

그러자 수빈이는 기회를 잡은 것처럼 대놓고 거들었다.

"아 진짜, 우리 반 전체가 너 때문에 이렇게 고생해야 돼? 나 오늘 학원도 가야 하는데!"

수빈이의 말에 몇몇 애들은 동조하기 시작했다. 박은하는 울상을 지었다.

나는 수빈이와 서로 야릇한 미소를 주고받았다. 하굣길에 수빈이는 큰 소리로 떠들며 말했다.

"거봐! 내가 안 들킬 거라고 했잖아! 솔직히 나도 처음에는 내심 들킬까 봐 쫄렸는데 박은하 얼굴 보니까 쌤통이었어."

"거기서 몇 명은 속 시원한 얼굴이던데?"

"당연하지! 걔가 얼마나 거슬리게 굴었는데."

그날 이후로 수빈이와 나는 우리에게 거슬리게 구는 애들에게 복수하는 '물건 숨바꼭질'에 재미 들렸다. 수빈이랑 하는 일은 뭐든 신이 났다. 가장 좋은 건 애들은 물건을 찾지 못하게 되면 찾으려는 노력을 더 해 보지도 않고 새 물건을 다시 산다는 것이다. 그럼 우리가 숨긴 그 물건의 주인은 없어지게 된다. 우리 것이 된다.

수빈이는 역시 머리가 좋다. 반 분위기를 한순간에 바꿔 버리기 때문이다. 말도 잘해서 자신의 의견에 다른 사람들이 동의하게 만든다. 나는 수빈이만큼 말을 잘하지 못한다. 그래서 대신 있는 힘껏 맞장구 쳐 주었다. 처음에는 어색했지만 텔레비전에 나온 연예인들처럼 연기도 점점 느는 것 같다.

나는 수빈이가 좋다. 우리는 서로 베스트 프렌드다. 원래 친구 사이란 행복이나 슬픔을 공유하거나 비밀을 공유했을 때 한층 더 깊어지는 법이다. 나는 1년 내내 수빈이와 더욱 붙어 다녔다. 엄마 아빠가 늦게 오건 말건 상관없다. 수빈이가 있으니까. 노관심에는 노관심으로 대응하는 게 답이다.

4.
돈이나 주고 나한테 신경 끄라고!

"고은, 너 박하진이 어제 올린 인스타 봄?"

밖에서 애들이 떠들어 대는 소리가 거슬렸다. 그리고 옆에서 문을
닫고 문고리를 잠그는 소리가 들렸다. 박하진? 박하진이라면 나도 알
지. 우리 학교에서 인스타로 유명한 애다.

"야, 당연하지. 진짜 얼척 없어."

나도 모르게 밖에 있는 목소리들에 귀를 기울이게 되었다. 문고리를
열고 나와 손을 씻으면서 여자애들의 대화에 집중했다. 뒷담 까는 애
기는 몰래 들어야 재밌다.

"그거 자기 얼굴만 보정한 거?"

"아, 난 심지어 표정도 개이상해, 진짜."

"아니, 사진을 올릴 거면 우리한테 먼저 물어보고 올렸어야 되는 거 아님?"

"그러니깐. 한 마디 상의도 없이 자기 멋대로 올리고."

"댓글도 온통 박하진 찬양글이야."

"모르는 사람들한테 우리 얼굴만 완전 팔리고 박하진만 돋보이게 해 준 거잖아."

"이거 솔직히 초상권 침해야."

"어제 나한테 혜주가 그러는데 박하진이 일부러 그러는 거래. 교묘하게 자기만 예쁘게 보이려고 애들 이용하는 거래. 벌써 여러 명 당했다 함."

"진짜 기분 나쁘다. 어이없어. 가서 박하진한테 사진 내리라고 하자."

여자애들이 화장실을 나가니 다른 여자애가 나왔다. 박하진이다. 다른 반이긴 하지만 얼굴쯤은 나도 안다. 박하진은 자기 뒷담하는 걸 다 들은 것이다. 내 옆에서 박하진은 손은 박박 씻어 댔다. 마음 같아선 귀를 그렇게 박박 씻고 싶지 않았을까? 내가 먼저 말을 걸었다.

"진짜 얼척 없다. 손절해 그냥."

내 한마디에 박하진은 나를 동그랗게 뜬 눈으로 쳐다보았다.

"너, 박하진 맞지?"

수업 끝나고 박하진은 나에게 그동안 있었던 일을 다 털어놓았다.

"왜 그냥 듣고만 있어? 너도 똑같이 되갚아 주면 되잖아."

"안 돼. 그랬다간 인스타에 저격글 올리기라도 하면 어떡해."

"왜 그러고 사냐?"

"개답답해 진짜……."

나는 수빈이와 했던 '게임'이 생각났다. 나랑 수빈이가 누구 하나 스트레스받는 날이면 했던 놀이다.

"그럼 내가 스트레스 풀리게 해 줄까?"

"어떻게?"

"따라와."

나는 학교 앞 낡아 빠진 문구점이 생각났다. 박하진을 끌고 갔다.

하지만 박하진과의 놀이는 얼마 가지 못했다. 박하진과 같은 반 애 때문에 박하진이 잔뜩 겁을 집어먹었기 때문이다. 이 놀이는 파트너가 없으면 클리어하기 어렵다. 집에 오니 엄마가 와 있었다. 웬일이지? 뭐, 그래 봤자 바로 나가겠지 뭐. 나는 아무 반응도 하지 않고 바로 방으로 들어갔다. 왠지 기분이 이상했다.

"고혜진! 잠깐 이리 나와 봐."

엄마의 목소리는 아주 날카로웠다. 아, 또 뭐야 진짜.

나는 대꾸도 않고 거실에 있는 소파에 가 앉았다. 이럴 땐 먼저 뭐라고 얘기하기 전까지 반응 안 하는 게 답이다.

"고혜진 너 사실이야?"

"뭐가."

난 휴대폰에 눈을 고정시키며 대꾸했다. 지금은 반응할 타이밍이다. 이때 아무 말도 안 하면 더 난리가 난다.

"선생님이 그러시는데 학원에서 동생 돈 뺏었다며. 사실이야?"

아, 진짜. 개빡친다. 수학이 엄마한테 꼰질렀다.

"아, 아니야."

"아니긴 뭐가 아니야? 이미 선생님이 다 말씀하셨어."

"엄마는 내 말은 안 들을 거면서 왜 나한테 물어봐?"

"왜 뺏었어? 엄마가 너한테 꼬박꼬박 용돈 주는데 뭐가 부족해서 애 돈을 빼앗아?"

"아, 빼앗은 거 아니라고. 그냥 빌린 거라니까?"

"글쎄, 엄마가 주는데 왜 빌리느냐고!"

"학원 가는 날 하필 돈을 안 가져갔단 말이야. 그걸 말해야 알아?"

"그럼 돈 빌려주는 애가 상기가 돼서 울면서 학원 선생님께 말하니?"

"아 진짜, 개짜증 나."

"뭐, 뭐라고?"

"짜증 난다고."

"뭘 잘했다고 엄마한테 짜증이야, 고혜진? 이리 와서 똑바로 얘기해."

"엄마는 나한테 뭐 신경 써 준 게 있다고 이제 와서 난리야? 엄마 말대로 맨날 그랬던 것처럼 돈이나 주고 나한테 신경 끄라고!"

나는 방으로 들어가 학원 가방을 메고 바로 현관문을 쾅 닫으며 나갔다. 나는 학원 쪽으로 성큼성큼 걸었다.

'이제 와서 왜 신경 써 주는 척이야? 전에는 아무 말도 없다가 갑자기? 개빡친다 진짜. 이번에 그냥 집을 나가 버릴까? 어차피 인생 혼자야. 될 대로 되라지 뭐. 어차피 내가 뭘 하든 아빠 엄마는 관심도 없어. 학원도 학교도 다 때려치우고 싶다. 아니면 도로 위에 달리는 차들에 뛰어들어 버릴까?'

나는 온갖 학원 간판들이 줄지어 서 있는 건물로 들어갔다. 오늘 같은 날은 학원이고 뭐고 다 째고 싶지만 안 가면 바로 아빠한테 연락이 갈 게 뻔했다. 나에게는 엄마보다 아빠가 더 피하고 싶은 존재다. 뒤에서 수학 쌤이 나를 불렀다. 나는 따라갔다.

"혜진아, 일주일 전 일, 선생님이 어머님께 말씀드렸다."

역시다. 되는 일이 없다.

"아, 쌤 아니라니까요? 왜 그 꼬맹이 말만 듣고……."

"네가 억지 부려 봐야 소용없어. 그리고 그건 빼앗은 거야. 나쁜 행동이고."

"글쎄 아닌데……."

"사과는 했니?"

"잘못한 게 없는데 왜 사과를 해요?"

"혜진아, 네가 계속 이런 식으로 나오면 부모님 모시고 오게 할 수밖에 없다. 찬혁이도 네가 사과한다면 받아 준다고 했어. 사과하고 좋게 끝내는 건 어떠니?"

'부모님'이라는 단어를 선생님이 꺼내니 입을 다물 수밖에 없었다. 쌤은 그 꼬맹이를 불렀다.

"혜진아, 아까 하고 싶은 말 있다고 했지?"

언제 내가 하고 싶댔나? 억지로 시키는 거면서. 하지만 지금은 어쩔 수가 없다. 일단 숙이고 들어가는 게 뒤탈이 없다.

"미안."

"찬혁이 너도 누나 사과 받아 줄 거지?"

나는 꼬맹이를 슬쩍 보았다. 얼굴에 하고 싶은 말이 덕지덕지 붙어 있다. 니가 이 상황에서 사과 안 받고 배겨? 나는 일부러 어떻게 나오나 고개를 빳빳하게 들고 쳐다보았다.

꼬맹이의 찢어진 눈이 축 쳐졌다.

"네."

"그래, 앞으로 서로 이런 일 없게 하자. 알겠지?"

"네."

"선생님, 그럼 제 돈은요?"

'아, 진짜 또 열 받네. 그냥 넘어갈 것이지 진짜 쪼끄만 새끼가 따지고 들어?'

"야, 너……."

수학 쌤은 내 말을 가로챘다.

"그래, 알았다. 혜진아, 다시 돌려줘야지. 오늘은 말고 내일 학원 오니까 그 때 선생님 줘라. 알겠니?"

"아, 진짜. 알겠다구요."

나는 어쩔 수 없이 일단 대답했다.

이 상황이 마음에 안 들지만 지금은 그냥 넘어가는 수밖에 없다. 이 것까지 엄마, 아빠가 알게 되면 내가 내 발로 집을 나오기 전에 어딘가로 나를 보내 버릴지도 모른다. 아마 좋다고 보낼 거다. 신경 쓸 필요도 없고, 일에 더 집중할 수 있으니까.

하지만 난 엄마 아빠 뜻대로 어딘가에 보내지고 싶지 않다. 가더라도 내 발로 가고 싶은 곳으로 떠나 버릴 거니까.

5.
사랑할 수 있는 용기

"쌤, 이상해요."

"왜?"

"처음에는 진짜 고혜진이 왜 그러는지 이해가 안 됐어요. 그런데 지금은 마음이 무거워요……."

"지수가 많이 안타까운가 보구나."

"하지만 그렇다고 해서 나쁜 짓을 한 것이 없어지진 않잖아요."

"내가 아프다고 해서 남에게 똑같이 상처를 내는 것은 해선 안 되는 일이야. 만약 혜진이가 앞으로도 계속 이렇게 행동하게 된다면 어떨까?"

나는 고혜진의 걱정을 보여 주고 남은, 고혜진의 모습이 담긴 사진을 보았다. 고혜진에게 필요한 말은 무엇일까? 나는 곰곰이 생각해 보았다. 고혜진은 어쩌다 그런 행동을 하게 된 걸까? 친구를 잘못 사귀어서? 아니면 부모님께서 신경 써 주지 않으셔서?

그렇다고 해서 '너 그렇게 행동했다간 언젠가는 벌 받아.'와 같은 말은 하고 싶지 않았다. 고혜진에게 그런 건 아무래도 상관없어 보였다. 지금 고혜진에게 필요한 건 위로가 아닐까?

그리고 나는 고혜진이 자신을 소중히 여겼으면 좋겠다는 생각이 들었다. 자신을 소중히 한다면 그런 잘못된 행동은 하지 않을 테니까. 그리고 자신을 소중히 할 수 있는 사람만이 다른 사람에게도 똑같이 소중히 대해 줄 수 있을 거다. 이건 초등학교 5학년 때 우리 담임 쌤이 해 준 말이다.

'부모님도 고혜진이 잘못되는 건 바라지 않을 거야. 부모님인데 그러겠어?'

'고혜진, 넌 그 누구와도 바꿀 수 없는 존재야. 그러니까 너 자신을 소중히 여겨.'

나는 이렇게 글을 써서 사진을 쌤한테 건넸다.

"지수야, 지수가 혜진이에게 필요한 말을 딱 골라서 썼구나? 혜진이가 마음속으로 가장 듣고 싶어 했던 말인지도 모르지. 하지만 지수가 말한 걸 지키기 위해선 주위의 노력이 필요하단다. 나를 소중하게 여기는 마음, 자존감은 내 노력으로만 지켜지지 않거든.”

얼마 뒤, 고혜진이 상담실을 다녀간 뒤로 어떻게 되었는지 궁금해서 쌤한테 물어보았다.

“이번에 혜진이가 선생님이랑 얘기하면서 조금은 생각이 달라지려 한다는 걸 느꼈단다.”

“정말요?”

“지수가 찍은 자기 자신의 모습을 보여 주니 자기가 이런 표정을 짓고 있었느냐고 놀라더구나. 그리고 혜진이가 어렸을 때 찍은 가족사진을 보면서도 이야기 나누었는데, 부모님에 대한 원망이나 슬픔, 그런 것들을 울면서 말하더구나.”

쌤과 말하면서 고혜진도 지금까지 쌓였던 감정들이 밖으로 나온 것 같았다. 쌤과 얘길 하다 보니 해가 져 가면서 햇빛이 상담실까지 길게 늘어져 들어왔다. 햇빛이 고혜진의 마음까지 녹여 주었으면 좋겠다는 생각이 들었다.

3부

달월중 최고 아웃사이더, 김준서

I.
첼로 유망주였던 김준서

"지수야, 혜진이처럼 습관적으로 다른 사람의 물건을 훔치는 행위를 도벽이라고 부른단다."

"도벽이요?"

"그래. 도벽은 그 사람이 마냥 나쁘기만 해서 갖게 되는 습관은 아니란다. 마음이 불안하고 어딘가 기댈 곳이 없는 사람에게 나타나기도 해. 이건 혜진이의 부모님과 혜진이가 함께 노력해야 할 문제지."

상담 쌤과 나누었던 대화를 머릿속에서 계속 재생하다 민주가 부르는 목소리에 재생을 멈추었다.

"지수야, 너 사회 과제 다 했어? 다음 주가 발표잖아."

민주는 나물무침을 젓가락으로 입에 넣으며 물었다. 지금은 점심시간이다.

"다음 주가 발표잖아, 민주야."

나는 당연하다는 듯이 말했다. 아직 과제를 안 했다는 뜻이다.

"주말에 하려고?"

"아~ 정말, 사회 쌤은 왜 이렇게 발표를 많이 시키는지 모르겠어."

옆에 있던 같은 반 유진이가 말했다. 유진이는 요즘 새로 사귄 친구다. 상담 동아리에 들어오니 뭔가 내 인생도 술술 풀리는 느낌이다. 유진이는 닭고기를 입속으로 넣다 말고 민주와 나에게 속삭이며 말했다.

"다음 주도 김준서 발표하다 말고 뛰쳐나가려나?"

"김준서 걱정되겠다."

민주는 걱정스러운 말투로 말했다.

"다음 주에 학교 안 나오는 거 아냐?"

"근데 김준서 초등학교 때 엄청 유명했다던데?"

유진이도 예은이만큼 발이 넓어서인지 주변의 온갖 소식들과 정보들을 많이 알고 있었다.

"응? 어떤 걸로?"

"첼로 유망주였대."

"정말? 진짜 의외다."

"근데 지금은 앞에 나와서 뭐 하기만 해도 덜덜 떨면서 아무것도 못하잖아. 어쩌다 그렇게 됐대?"

"글쎄."

"그럼, 지금은 첼로 연주 안 하는 거야?"

"안 하는 게 아니라 못 하는 거 아냐?"

"헛소문 아니야?"

나는 잔반을 버리고 민주와 교실로 향해 가며 민주에게 물었다.

"김준서는 왜 그럴까?"

"글쎄, 내가 볼 땐 단순히 긴장해서가 아닌 것 같은데."

"그게 무슨 말이야?"

"항상 김준서가 앞에 나와서 발표할 때 보면 그래. 땀을 많이 흘리잖아. 또 숨 쉬는 것도 굉장히 어려워 보이고. 아무튼 뭔가 힘들어 보였어."

생각해 보니 그랬다. 민주가 말한 것처럼 땀을 많이 흘리고 손을 지나치게 떤다. 그러고는 갑자기 뛰어나가 버린다. 그런 일이 한두 번이 아니었다. 가창 시험, 리코더 시험, 체육 시간에 실기 평가를 볼 때도 모두 마찬가지였다. 앞에 나와 수행 평가를 볼 때도 늘 뛰쳐나가니 김준서의 성적표는 안 봐도 뻔했다. 앞에 나가는 게 싫은 걸까? 아니면 주목받는 게 싫은 걸까? 나는 김준서만큼 앞에 나와 발표하는 것이 정말 끔찍하지만 뛰쳐나갈 정도로 고통스럽진 않았다. 아니, 고통스럽긴 하지만 견딜 정도는 되었다. 그렇게 보면 김준서는 앞에 나와 발표하는 것이 죽는 것만큼 고통스러운가?

2.
사회 발표 수업

그다음 목요일, 사회 발표 수업 시간이 돌아왔다. 나는 과제를 주말에 하겠다는 다짐을 미루고 미루어 전날에 겨우겨우 끝낼 수 있었다. 나는 조사를 끝내고 발표를 한다는 것에 의미를 뒀다. 사회 수업 전 쉬는 시간, 김상혁이 뭉친 지우개 가루를 김준서의 등에 던지면서 물었다.

"야, 오늘도 탈주각?"

김준서는 그 어떤 대꾸도 하지 않고, 뒤를 돌아보지도 않았다.

"뭘, 물어. 안 봐도 비디오지."

김상혁 옆에 있던 오상현이 킥킥대며 말했다.

"오늘 사회 얼굴 볼 만하겠다."

"야, 씨. 나도 한번 해 볼까?"

김상혁과 오상현의 대화를 들은 민주가 안쓰럽다는 듯이 말했다.

"어휴, 쟤네는 뭐야. 불 난 집에 기름 붓는 것도 아니고 말이야."

"그러게 말이야. 모른 척하는 게 더 고맙겠다."

이윽고 종이 울렸다.

"자, 오늘 사회 발표가 있는 날이죠. 지난 시간에 안내했듯이 오늘 발표도 모두 수행 평가 점수에 반영됩니다. 잘 준비했겠죠?"

김준서뿐 아니라 모든 애들에게 발표 시간은 참으로 긴장되는 순간이 아닐 수 없다. 똑 부러진 민주도 발표 시간만 되면 약간 긴장하는 모습이 보였다. 물론 더듬거리는 나와는 다르게 앞에 나가면 긴장한 티 내지 않고 아주 또렷한 목소리로 발표하는 것이 다른 점이긴 하지만. 오늘은 개인 발표로 5분 정도 조사한 것을 정리해 발표하는 것이기 때문에 각자 1명씩 앞으로 나가 발표하고 개별 점수에 반영된다. 발표 순서는 번호 뽑기로 무작위로 진행되었다. 무임승차를 기댈 곳이 없어서인지 평소에 늑장 부리고 제대로 참여하지 않는 김상혁, 오상현조차도 조사한 내용을 뜨문뜨문 발표했다. 모두들 그 모습을 보며 신기해했다.

"다음, 6번 김준서. 앞으로 나오세요."

순간 반 애들이 일제히 김준서를 바라보았다. 오늘의 화젯거리를 보는 느낌이었다. 모두의 눈이 김준서를 향하고 있으니 내가 김준서라면 더 긴장하게 될 것 같았다. 그렇다곤 해도 김준서 쪽으로 돌아가는 내 눈 역시도 김준서를 배려하진 못했다. 착한 민주조차도 그러지 못했다. 김준서는 아주 천천히 일어나 발표 자료를 들고는 앞으로 나갔다.

"야, 땀 좀 봐."

맨 뒤에 있던 유진이가 속삭이듯 말했다. 교실이 너무 조용해서 유
진이의 속삭이는 목소리가 반 전체 애들한테 다 들릴 정도였다. 그리
고 김준서의 땀은 교실 바닥에 똑똑 떨어졌다. 김준서가 아무리 천천
히 움직였다고 해도 그 시간이 1분 정도밖에 되지 않았을 텐데 나조차
도 영원한 시간처럼 느껴졌다. 모두가 김준서를 숨죽이고 바라보았다.
김준서는 한 차례 얼굴에 난 땀을 닦고는 입을 열었다.

"아, 저, 제가 발표할 내용은……."

김준서는 교실 정면을 힐끗 보고 다시 고개를 푹 숙여 종이에 적어
온 내용을 더듬더듬 작은 목소리로 읽기 시작했다. 민주처럼 안쓰러운
마음으로 바라보는 애들도 있었고 김상혁과 오상현처럼 김준서가 언
제 뛰쳐나갈까 기다리며 바라보는 애들도 있었다. 아니나 다를까, 김
준서는 우리의 예상대로 앞문을 열어젖히고는 교실을 뛰쳐나갔다.

"김준서!"

"역시나 지렸다, 지렸어~!"

오상현이 킥킥대며 말했다. 사회 쌤은 당황해하면서도 그대로 발표
를 진행시켰다. 사회 쌤도 겪어 본 것은 이번이 처음이지만 다른 교과
쌤들로부터 들었을지도 모를 일이다. 2학년 7반에 앞에만 나오면 뛰
쳐나가는 학생이 있다고 말이다. 이렇게 김준서가 뛰쳐나가서 그 후에
김준서가 어디로 가는지는 아무도 알지 못한다.

그렇게 사회 발표 수업이 끝났다. 쉬는 시간이 조금 지나서야 김준

서는 교실로 들어와 모습을 드러냈다. 하지만 그 누구도 김준서에게 괜찮냐고 물어보는 애가 없었다. 그래도 그나마 김준서를 배려하는 아이들은 아무 일도 없었던 것처럼 행동했다. 하지만 김상혁, 오상현처럼 짓궂게 시비 거는 애들도 있었다.

"오늘은 몇 분 버팀?"

"오늘은 2분 41초."

"신기록 달성이고요~!"

김준서는 시비 거는 애들한테 대꾸도 하지 않고 가방에서 조용히 수학책을 꺼냈다. 김준서의 교복 셔츠는 아직도 땀으로 젖어 있었다.

김준서는 왜 그런 걸까? 그러다가 문득 상담실이 떠올랐다. 김준서의 마음속을 들여다본다면 뭔가 방법이 있지 않을까?

"지수야, 오늘 어디 가?"

"응, 상담실에 들렀다 가려고."

"오늘 동아리 날 아니잖아?"

"근데 쌤한테 여쭤볼 것이 생각나서. 민주 너 먼저 가!"

나는 민주보다 먼저 교실에서 나왔다.

"어머, 지수야! 오늘은 동아리 활동 날도 아닌데 무슨 일이니?"

"쌤, 여쭤볼 것이 있어서요."

"그래, 숨 좀 가다듬고 말하렴."

나는 상담실 테이블을 두고 쌤과 마주 보고 앉아 그동안 김준서가 보였던 행동을 몽땅 말씀드렸다. 찜질방에서 흘리는 것처럼 엄청난 땀

수상한 상담실, 비밀을 부탁해

을 배출하는 그 모습까지도 말이다.

"그런 상태가 꽤 지속된 데다가 그렇게 일상생활에 지장을 줄 정도라면 심각한 상황인 것 같은데 지금까지 주변에서 준서를 도와주는 사람이 없다니 이상하구나. 지수 말을 듣고 보니 짐작 가는 부분이 있기는 한데 넘겨짚긴 이르니 준서를 직접 만나 보는 것이 좋을 듯하구나."

"쌤께서 도와주시는 건가요?"

"물론이지. 지수가 준서에게 대신 말해 줄 수 있겠니? 상담실에 방문해 달라고 말이야."

"제, 제가요?"

'헉, 왜 나야?'

"저는 평소에 김준서랑 한 마디도 안 하는데요……."

"그래도 지수가 꼭 준서에게 이야기해 주었으면 좋겠어."

쌤은 엷은 미소를 띠며 말했다.

3.
이따 오후에 상담실로 와

쌤이 전화 한 통 하면 끝날 일인데 쌤은 왜 나에게 시키는 거지? 누군가의 일에 참견하는 건 내 성미가 아니다. 괜한 오지랖이다. 갑자기 김준서에게 말을 걸면 김준서가 오히려 이상하게 생각하지 않을까? 그렇게 되면 아예 상담실 근처도 가지 않으려고 하는 게 아닌지 모르겠다. 뭔가 큰 숙제가 생긴 느낌이다.

'말 걸 때는 먼저 뭐라고 인사하는 거였지?'

인사말부터 먼저 생각해야 할 참이었다. 만약 민주라면? '김준서에게 자연스럽게 말을 거는 방법'을 며칠간 연구했다. 하지만 연구 결과는 꽝이다. 뒤늦게 예은이가 생각났다. 예은이, 민주와 떡볶이를 먹으며 예은이에게 물어보았다.

"예은아, 한 번도 말을 안 건 애한테 어떻게 하면 자연스럽게 말을 붙일 수 있어?"

"그냥 하면 되지 뭘."

예은이는 우물거리며 대답했다.

"그냥 어떻게 해? 그냥이 어떤 건데?"

"그냥? 그냥은 그냥 그냥이야."

"뭐야, 말장난하는 것도 아니고."

나는 투덜거리며 말했다.

"이 세상엔 설명할 수 없는 단어들도 있다고. 너 '적당히'를 명확하게 설명할 수 있어?"

"적당히?"

"'적당히'가 많지도 않고 적지도 않은 건데 아마 사전 찾아봐도 적당히는 '알맞게' 뭐 이런 식으로 나올걸? 너 그거 잘 설명할 수 있겠어?"

"아니."

"거봐. 그거랑 마찬가지야. 그냥은 그냥 하는 거야."

말을 마치자마자 예은이는 마지막 남은 떡볶이 떡 2개를 한꺼번에 포크에 꽂아 야무지게 소스를 찍어 자기 입속으로 가져갔다.

"지금 이렇게 내가 너희한테 말도 안 하고 떡볶이 떡을 2개나 집어먹는 것처럼 말이야."

"야, 너!"

이튿날 나는 예은이 말대로 '그냥'이란 걸 한번 실천해 보기로 했다. 그냥 김준서에게 말을 거는 거다. 뒷일은 생각하지 않고서 말이다. 지금은 체육 시간이라 모두들 운동장에 나가고 있었다. 나는 김준서가 혼자 터벅터벅 앞서 걸어가고 있는 것이 보였다. 지금이 기회다.

"민주야. 나는 지금 '그냥'이란 걸 실천해 보려고. 따라 와."

나는 민주 손을 잡고 김준서를 따라잡을 만큼 빠르게 걸었다. 그리고 김준서의 팔소매를 살짝 잡았다. '그냥'을 실천하기 위해 나도 모르게 나온 행동이었다. 김준서는 놀라서 눈을 동그랗게 뜨고 나를 바라보았다.

"김준서, 이따 오후에 상담실로 와. 이유는 묻지 말고. 꼭 와."

그리고 나는 민주 손을 잡고 후다닥 뛰어나갔다.

"뭔 일 있어?"

민주는 궁금하다는 듯이 물었다.

"나도 몰라. 나중에 말해 줄게."

나는 아무렇지 않은 듯 얘기했지만 너무 김준서에게 설명 없이 무턱대고 상담실로 오라고 한 것 같다.

'안 오면 어쩌지?'

수업이 끝나고 나는 상담실로 먼저 가 기다렸다. 30분쯤 지났을까, 누군가 문을 두드리는 소리가 났다.

"들어오세요."

김준서였다. 나는 놀라서 자리에 일어났다. 김준서가 오길 기다렸지

　　　　　　　　　　　　　　수상한 상담실, 비밀을 부탁해

만 진짜로 올 것이라고는 기대하지 않았기 때문이다. 김준서는 쭈뼛거리며 말했다.

"저, 이지수가 상담실로 와 보라고 해서 왔는데요."

"기다리고 있었어요. 들어와요."

쌤은 미소 지으며 준서에게 자리를 안내해 주었다.

"김준서 학생이죠? 지수에게 대충 이야기 들었어요. 준서 학생을 도와주고 싶다는 말도 함께요."

나는 김준서와 눈이 마주쳤다. 나는 부끄러워져서 인사를 슬쩍 하고는 작업실로 들어갔다.

"준서 학생이 앞에 나와서 발표하거나 시험을 볼 때 굉장히 긴장을 많이 한다고 들었어요."

"네……."

김준서의 목소리는 점점 작아졌다.

"많이 힘들었겠어요. 발표나 시험 보게 되는 상황이 꽤 많잖아요."

"네……."

"언제 그렇게 긴장이 되는지 자세하게 설명해 볼래요?"

그동안 김준서에게 무슨 일이 있었던 걸까?

며칠 후, 나는 수업이 끝나고 상담실로 달려갔다. 나는 김준서와의 상담 중 쌤이 부르길 기다렸다가 필름 카메라로 김준서의 사진을 찍었다. 김준서가 상담실을 나가자 나는 이번에는 쌤이 김준서에게는 또 어떤 사진 숙제를 냈을지 궁금했다.

　"쌤, 이번에 김준서한테는 어떤 숙제를 내주셨어요?"

　"지금 나를 힘들게 하는 것."

　"김준서는 뭘 찍어 왔대요?"

　"초등학교 졸업 앨범이란다. 어떤 사연이 있었던 걸까?"

　나는 쌤과 함께 작업실로 들어갔다.

4.
똥쟁이 김준서

"오늘은 누가 혼날까?"

"나는 진짜 학교 가기 싫어."

"나 3반에 아는 애 있는데 걔네는 맨날 논대."

"진짜? 좋겠다……. 준서야, 너는 선생님 안 무서워?"

"나도 무섭지. 수업 시간에 선생님 눈에 안 띄려고 얼마나 노력하는데."

"마녀야, 마녀."

"한 번 잘못했다간 그날 집에 못 돌아간다니까? 너네 학교에 늦게까지 안 남아 봤지? 그게 끝이 아냐. 엄마한테 전화도 한다니까?"

"기현이는 남아 있다가 선생님한테 말대꾸해서 전화가 아니라 엄마

보고 직접 오라고 했대.”

“경찰은 왜 저런 사람 안 잡아가나 몰라.”

“아무튼 선생님 앞에서는 찍 소리도 내면 안 돼. 실수를 하나라도 했다간 저세상이야.”

정말 하루하루가 지옥이다. 우리 담임 선생님은 마녀다. 아니 악마다. 나는 지금까지 선생님이 웃어 보이거나, 칭찬하는 걸 본 적이 없다. 항상 인상을 쓰고 있었고, 우리에게 명령한다. 그리고 소리친다. 늘 복도에 나가 서 있는 게 우리가 하는 일이다.

오늘은 학교에 10분 전에 도착해서 아침부터 혼나지는 않았다. 나는 최대한 눈에 띄지 않기 위해 허리를 꼿꼿하게 펴고 책을 꺼내 읽었다. 친구들 모두 책을 읽고 있었다. 모두 나와 같은 마음이다.

지루한 국어 시간이 끝나고 드디어 쉬는 시간이다. 열 걸음 앞에 서예지가 여자애들이랑 이야기를 하고 있다. 어제 학원에서 내 필통을 빼앗아 도망친 게 갑자기 생각났다. 우씨, 다시 생각해 보니까 화가 난다. 그래 서예지, 내가 너보다 착하니까 필통 대신 필통 안에 있는 걸 가져가마. 나는 슬금슬금 서예지 자리로 다가갔다. 그리고 서예지 필통 지퍼를 슬쩍 열었다. 컵케이크 모양의 지우개다. 필통에 손을 넣자마자, 큰 목소리가 들렸다.

“야, 예지야! 김준서가 니꺼 가져간다!”

앗, 김예슬이 서예지한테 말했다! 서예지는 눈을 한껏 올려 뜨고 성큼성큼 뛰어왔다. 나는 교실 뒤쪽에서 복도로 나와 달렸다.

수상한 상담실, 비밀을 부탁해

"야, 김준서! 너 잡히면 가만 안 둘 거야!"

"내가 너보다 달리기 더 빠르거든!"

"야, 너 진짜!"

"선생님! 준서가 자꾸 놀리고 도망가요!"

마녀한테 고자질을 하다니! 난 죽었다…….

"야, 너 왜 고자질이야?"

"김준서! 이리 와 어서!"

선생님이 눈에 잔뜩 힘을 주고 나를 노려보았다. 선생님은 사자고, 난 양이다. 큰일 났다.

"서예지가 먼저 시작한 거예요……."

내 목소리는 개미 같다.

"서예지가 뭘 시작했는데?"

"어제 학원에서 제 필통을 가져갔단 말이에요……."

"아니, 김준서가 자꾸 놀려서 그랬어요……. 못생겼다 하고, 이상한 동물 닮았다 하고……."

"둘 다 시끄러워! 지금 뭐 하는 짓이야?"

나는 침을 꿀꺽 삼켰다.

"됐어! 시끄러워! 둘 다 말대꾸하지 말고 복도에 서 있어!"

우씨, 서예지 때문에 혼났다. 이게 계속 쌓이면 마녀는 분명 엄마한 테 전화할 거다. 끔찍하다. 나는 서예지를 노려보며 조용히 복도에 서 있었다. 서예지도 나를 노려보았다.

"자, 그럼 숙제 발표 시간을 갖도록 하겠다."

마녀는 항상 숙제를 낼 때마다 앞에 나와 발표를 시키고는 잘 못하면 괴롭혔다.

나는 숙제를 꺼냈다. 근데 갑자기 이상하다.

'아잇, 갑자기 배가 아프네. 왜 이러지?'

계속 배에서 부글부글 소리가 나는 것 같다.

그렇다고 수업 시간에 화장실 간다고 하면 분명히 마녀가 또 혼낼 거다.

'그 혼내는 목소리랑 얼굴 보기 싫은데……. 하필 또 마녀가 제일 싫어하는 게 수업 중에 화장실 가는 건데…….'

게다가 아까 복도에서 서예지랑 혼났는데 그 시간에 화장실이나 갔다 오지 수업 시간에 왜 화장실을 가냐고 할 게 뻔했다. 이번에는 복도에 나가서 벌 서 있는 걸로는 안 끝날 거다……!

'게다가 학교에서 볼일 보기 싫은데. 지금 나가면 애들이 놀릴 거야. 특히 서예지. 화장실을 갔다 와서도 선생님은 또 혼낼 거야. 애들이 보는 앞에서. 앞으로 30분이나 어떻게 더 참지?'

"5모둠부터 나와라."

나는 배를 잡고 밖으로 나왔다. 서예지가 이끔이라서 먼저 발표한다. 아픈 배는 멈출 줄을 몰랐다. 이젠 못 참을 것 같다……. 마녀의 무서운 얼굴이 신기루같이 보였다.

"선생님! 어디서 갑자기 똥 냄새가 나요!"

수상한 상담실, 비밀을 부탁해

"뭐라고? 김민호, 너 또 실없는 소리 하는 거야? 또 남고 싶어?!"

"네가 잘못 맡았겠지!"

"아냐! 진짜야!"

"야, 근데 진짜 냄새 나는 것 같아. 너 아니야?"

"나 아니야!"

아이들은 옆에 있는 애들을 의심하면서 하나둘씩 킁킁거리기 시작했다.

"어허, 뭐 하는 거야? 조용히 안 해?"

"선생님! 김준서 좀 보세요!"

마녀만이 아니었다. 교실에 있는 30명, 60개의 눈동자가 나를 쳐다보았다. 냄새의 정체는 바로 나였다. 바지가 따뜻하고 축축했다.

"저거 뭐야?"

"김준서! 너는 지금 몇 살인데 아직도 제대로 못 가리는 거야?"

마녀는 내 팔을 꽉 비틀어 잡고 교실 밖으로 끌어냈다. 그러고는 다시 교실로 들어가 반 아이들에게도 쏘아붙였다.

"어허! 뭐 하는 거야? 모두 들어가도록 해! 1명이라도 누구든 일어났다간 혼날 줄 알아라."

선생님이 핸드폰을 들고 나가려는 차에 어떤 눈치 없는 애가 손을 들고 물었다.

"선생님, 김준서 왜 그래요?"

선생님은 대꾸도 하지 않고 밖으로 나왔다. 그리고 나를 다시 잡아

채더니 화장실로 밀어 넣었다. 그러고는 핸드폰으로 어딘가에 전화를 걸었다. 신호음이 들렸다.

"네, 준서 어머님, 안녕하세요? 준서 담임 교사입니다."

"네, 네. 어머님 당장 준서가 갈아입을 바지랑 속옷 좀 가지고 학교로 오셔야겠습니다."

나는 화장실 거울에 비친 내 얼굴을 보았다. 내 얼굴은 귀신을 본 것 같았다. 이제 어떡하지? 나는 꼼짝 않고 서 있기만 했다. 조금이라도 움직였다간 내 바지가 더 엉망이 될 것 같았기 때문이다. 하지만 울음이 나오는 건 멈출 수 없었다.

"김준서! 열 살이나 되어서 부끄러운 줄 알아야지. 뭐가 서럽다고 그렇게 우는 거냐?"

엄마 목소리가 들렸다.

"아이고, 선생님. 죄송합니다."

엄마가 화장실로 들어왔다. 엄마 얼굴을 보니 더 울음이 났다.

"아이고, 이게 뭐냐!"

엄마는 내 바지부터 벗겼다. 지금이 수업 시간인 게 천만다행이었다. 만약 쉬는 시간이었다면…….

나는 새 바지를 입은 채로 엄마와 함께 화장실을 나왔다.

"으휴, 일단 집에 가자."

엄마는 내 손을 잡아 이끌었다. 교실 안에서 궁금증으로 가득 찬 애들의 목소리가 복도까지 울려 퍼졌다.

"선생님, 김준서 왜 그런 거예요?"

"김준서 갑자기 똥이 나온 거예요?"

"야, 그건 똥이 아니었어!"

"그게 똥이 아니고 뭐야?"

"어허, 조용!"

그 이튿날 학교에 가니 나에게 별명이 하나 붙었다.

'똥쟁이 김준서.'

애들은 나를 그렇게 불렀다.

"야, 똥쟁이! 너 땜에 앞이 안 보이잖아!"

"똥쟁이 비켜!"

참을 수 없었다. 나는 나에게 똥쟁이라고 놀리는 녀석들에게 달려가 내 매운맛을 보여 주었다.

"아니라고!"

하지만 그럴 때마다 더 혼나는 건 나였다.

"김준서! 오늘 남아!"

나는 거의 매일 학교에 남아야 했다. 마녀는 나를 특히 더 못살게 구는 것 같다. 녀석들이 먼저 날 놀렸는데……. 마녀는 무슨 일인지 관심도 없는 것 같다. 학교에 점점 가기 싫어진다.

"준서야, 요즘 왜 이렇게 힘이 없니?"

첼로 레슨 중 첼로 선생님이 물었다.

"아무것도 아니에요……."

"준서야, 이제 곧 콩쿠르인 거 알고 있지?"

"네……."

나는 다시 첼로 연주에 집중하려고 노력했다.

'그래, 일단은 대회가 있으니까 집중하자.'

하지만 역시 집중이 안 된다. 학교에서 놀림이나 받고 친구도 없어지고 맨날 선생님한테 나만 혼나고……. 첼로도 이제 별로 재미가 없다…….

레슨을 다녀와서 엄마와 저녁을 먹으며 슬쩍 말을 꺼냈다.

"엄마, 나 이번 대회는 안 나가면 안 돼?"

"왜? 갑자기 그게 무슨 말이야?"

"별로 안 나가고 싶어."

"그러니까 왜? 상 못 탈까 봐 그러는 거야?"

"아니, 그런 거 아냐."

"이유를 말해야 엄마가 알지."

"요즘 학교에서 맨날 친구들이 놀리고 선생님이 나만 혼낸단 말이야."

"그게 콩쿠르랑 무슨 상관이야? 그건 학교 일이잖아. 그리고 그런 건 담임 선생님께 말씀드려야지."

"아니, 선생님은 맨날 나만 혼내. 그리고 자꾸 그런 일이 생기니까 연습도 집중이 안 된단 말이야. 아무것도 하기 싫다고."

"김준서, 그래도 일단 콩쿠르 준비는 열심히 해야지. 이번 콩쿠르는

수상한 상담실, 비밀을 부탁해

아주 중요한 거라고 엄마가 말했잖아.”

“그래도…….”

“엄한 걸로 떼쓰지 마. 그리고 엄마, 아빠가 너 첼로 배우게 하려고 얼마나 고생하는지 알아?”

“치, 누가 먼저 해 달랬나.”

“뭐라고? 뭐라고 했어, 지금?”

“아냐, 됐어! 하면 되잖아, 하면!”

엄마 머릿속에는 콩쿠르 잘하는 것밖에 없다.

콩쿠르 당일이다. 나는 옷을 갈아입고 거울을 보았다.

‘연습을 많이 못 했어. 연주하다가 갑자기 까먹으면 어쩌지?’

나는 연습한 곡을 머릿속으로 대뇌고 또 대뇌며 순서를 기다렸다.

드디어 내 차례다. 나는 무대로 나왔다. 심사 위원들이 보였다. 연주를 시작했다.

갑자기 학교에서 있었던 일이 떠올랐다.

“선생님! 어디서 갑자기 똥 냄새가 나요!”

안경잡이 김민호의 목소리가 어딘가에서 들렸다.

‘안 돼! 내가 지금 무슨 생각을 하고 있는 거야! 그다음 부분이 뭐지?’

이상하게 악보가 하나도 눈에 들어오지 않았다. 도대체 어디야……! 잠시 뒤 음표들이 내 눈으로 들어온다. 저 음은 어떻게 내는 거였지? 내 눈은 이어서 연주할 마디를 찾고 있었지만 동시에 또 다른 기억이 머릿속에 자꾸만 그려졌다.

"선생님! 김준서 좀 보세요!"

"김준서! 너는 지금 몇 살인데 아직도 제대로 못 가리는 거냐?"

나는 그만 활을 떨어뜨렸다. 앞을 봤다. 나를 이상하게 쳐다보는 어른들이 보인다.

'내가 그렇게 이상한가? 내가 뭐가 그렇게 이상한데? 그게 그렇게 잘못이야?'

가슴속이 쿵쾅대는 것 같다. 어쩐지 숨이 안 쉬어진다. 이곳에서 나가지 않으면 숨이 막혀서 죽어 버릴 것 같다.

나는 뛰었다. 내가 나왔던 곳으로. 나는 엄마 얼굴도 보았다. 엄마도 나를 이상하게 쳐다본다.

'내가 이상한 게 아니야! 내가 나쁜 게 아니라고!'

5.
일어설 수 있는 용기

선생님들이 아주 분주하게 움직인다. 애들도 들락날락한다.

"아~ 쌤, 봐주시면 안 돼요? 한 번만요!"

"너, 너 중학생이 아직도 이런 거 갖고 다니냐?"

"아 쌤, 제발요~!"

"선생님, 숙제 걷어 왔는데요."

"이 선생, 잠깐 와 보세요."

"예, 교감 선생님."

"준서, 여기 앉아라."

나는 선생님 말씀에 다시 정신을 차리고 자리에 앉았다.

"김준서, 아깐 왜 그런 거야?"

"네?"

"왜 갑자기 말도 없이 나갔느냐 말이야. 그것도 시험 중에 말이야. 그러면 점수 없는 거는 알고 있어?"

"저기, 그게……."

나는 선생님께 어디까지 말씀드려야 할지 막막했다.

"저, 선생님, 제가 앞에 나가서 하는 걸 잘 못해요. 그게 힘들어서 잘 안 돼요……. 사실은 제가……."

"그걸 왜 못해?"

선생님은 내 말이 다 끝나기 전에 칼날처럼 잘라 버렸다.

"앞에 나가면 자꾸 가슴이 두근거리고, 식은땀도 나는 것 같고……. 머릿속도 막 울리는 것 같고요. 또……."

나는 내가 겪고 있는 이 상황을 최대한 말하고 싶었다. 기댈 곳이 필요하다. 선생님이 도와주실지도 모른다. 하지만 이번에도 선생님은 내 말이 다 끝나기도 전에 칼날을 들이댔다.

"얌마, 앞에 나가면 다 그런 거야. 평가 점수도 걸려 있는데 당연히 떨리지."

"그런 정도가 아니구요. 제가 초등학교 때 정말 안 좋은 기억이 있어서……."

선생님은 내 어깨를 툭 치며 말했다.

"김준서, 누구나 다 그런 거야. 누군들 초등학교 다닐 때 기억이 다 좋겠냐? 그리고 남자가 말이야, 그런 거는 빨리빨리 잊어야지 아직도 그것 때문에 소심하게 그러고 있으면 어떡하냐……. 엉? 도대체 뭣 땜에 그러는데?"

선생님은 내 말을 다 잘라 놓고는 되묻는다. 이걸 또 반복하겠지. 선생님은 내 말을 듣기 위해 부른 게 아니다. 훈계질을 하려고 부른 거다.

여기서 더 말해 봤자 달라질 건 없다.

"준서야, 너 선생님 앞에 두고 이런 식으로 말할 거야? 너는 애가 왜 이리 소심하냐."

내가 말이 없자 선생님은 말을 하라고 보챈다. 칼날처럼 잘라 버리는데 누가 말을 하고 싶겠는가. 난 선생님께 내 상황을 알릴 힘도, 의지도 다 빠져 버렸다. 하지만 이미 익숙하다. 이걸 올해로 4번째 겪고 있으니까.

"다음엔 그러지 말고. 응? 나중에 혹시 또 그러면 선생님이 다시 부를 거다. 알겠니?"

"네."

나는 대답하고는 바로 교무실 밖으로 나왔다. 아주 천천히 교실로 돌아왔다. 교실 문을 열려고 하는 순간, 교실 안에서 여자애들의 소리가 들렸다.

"무슨 일 있었어?"

"김준서랑 같은 초등학교 나온 애 있거든. 김준서 항상 그랬대. 앞에 나가서 하는 거 잘 못한다고."

"왜?"

"우리 엄마가 그러는데 그런 거 다 '정신적으로' 문제가 있어서 그러는 거래."

"문제가 뭔데?"

"그건 나도 잘 모르지."

난 뒤돌아 집으로 갔다. 가방 따윈 상관없다. 나는 저녁이 될 때까지 계속 방 안에서 천장을 멍하니 바라보며 누워 있었다.

'엄마한테 말해 볼까? 그래, 말하자. 중학생이 되도 달라진 건 없다고.'

시간이 흘러도 나는 제자리다. 나는 계속 잔인한 마녀에게 '갈굼'을 당하던, 패 버리고 싶은 애들에게 놀림을 당하던 그 교실 안에서 벗어나기가 힘들다. 어느샌가 나는 이상한 놈이 되었다. 나도 안다. 내가 이상하다는걸. 하지만 내 뜻대로 내 몸과 마음이 움직여지지 않는다.

"준서야, 밥 먹어."

엄마의 목소리에 천천히 일어나서 식탁에 가 앉았다.

"엄마가 오늘 하루 너무 정신이 없었다. 얼른 먹자. 아빠는 출장 때문에 내일 오실 거야."

그럼, 오늘이 기회다. 아빠랑은 대화가 안 통한다. 아빠가 있으면 오히려 말 꺼내기가 더 힘들다. 일단 엄마한테 말하는 게 낫다. 엄마를 흘끗 바라보았다. 엄마는 빠르게 젓가락질을 하며 저녁을 삼켰다. 엄마의 눈은 텔레비전에 고정되어 있다. 지금이 기회다.

"엄마……."

수상한 상담실, 비밀을 부탁해

"응, 얘기해."

엄마는 여전히 텔레비전에 눈을 고정시켰다.

"나 병원에 좀 가 볼까?"

"어디 아파? 어디 다쳤어?"

그제야 엄마는 나와 눈을 맞추었다.

"아니……. 몸이 다쳐서 가는 곳 말고."

"그럼?"

엄마는 영문을 모르겠다는 듯이 되물었다.

"정신과 쪽으로."

"갑자기 왜? 학교에서 무슨 일 있었어? 아니면 학원에서 무슨 일 있었던 거야?"

"엄마도 알잖아……."

"또 그 소리야? 옛날에 있었던 일 가지고 그러는 거야?"

'또'라는 엄마의 말이 비수가 되어 내 마음에 박힌다. 나도 슬슬 마음속에서 뭔가 올라온다. 나는 애써 억누르며 다시 말했다.

"그게 그런 정도가 아니니까 그렇지."

"그럼, 뭐 어느 정도인데? 뭐가 문제야?"

따지는 듯한 말투다. 더 기분이 나쁜 건 '문제'라는 그 단어다.

'내가 문제라는 거야? 내 행동이 문제라는 거야?'

나는 감정이 더 올라왔다.

"나는 그것 때문에 아직도 앞에 나가면 발표도 제대로 못하고 오히려 점점 더 심해지기만 한단 말이야!"

"그게 말이 돼? 초등학생 땐 당연히 그럴 수도 있는 거야. 더군다나 벌써 4년이 지났잖아. 잊어버렸어도 한참 전에 잊어버렸어야지, 그거 하나 꽁하게 갖고 있으면서 아직도 힘들다고 그러면 어떡하니?"

"엄마는 내가 그 일 때문에 얼마나 힘들었는지 모르지?"

내 목소리는 아까보다 커졌다.

"나는! 지금도 사람들 앞에 서면 심장이 터져 버릴 것 같아. 사람들이 쳐다보는 눈이 나를 더럽고 이상하게 본다고! 숨도 안 쉬어지고. 근데 나도 알아. 그런 내 모습이 이상하게 보이는 거. 근데 내 뜻대로 잘 안 된단 말이야!"

"준서야."

엄마는 내가 더 말하기도 전에 내 말을 잘라 버렸다. 담임 선생님이 나에게 그런 것처럼. 난 이미 어른들의 그런 행동들이 학습이 되어 있었다. 이제는 참지 않을 거다. 나는 참지 않고 말을 이어 갔다.

"계속 수군거리는 것 같다고. 그것 때문에 내가 얼마나 교실 밖을 뛰쳐나갔는지도 모르지? 엄마는 그냥 기껏 비싼 돈 들여 놨더니 내가 첼로를 더 이상 못하게 돼서 그게 싫은 거밖에 없잖아!"

난 그동안 쌓여 있던 감정들을 토했다. 나는 젓가락을 집어던지고 내 방으로 갔다. 방문을 잠갔다. 문 너머로 엄마 목소리가 들렸다.

"준서야. 엄마랑 잠깐 얘기 좀 더 해. 응? 준서야."

난 그날 내내 밖으로 나가지 않았다.

학교에 가려는데 엄마가 나를 붙잡았다.

"준서야. 아직 시간 있으니까 엄마랑 5분만 얘기해."

엄마는 밤새 내 말을 생각해 봤을까? 일단 자리에 앉았다.

"준서야, 엄마가 고민해 봤는데 병원은 좀 생각해 보자. 엄마가 생각했을 때는 준서가 충분히 잘 이겨 낼 수 있을 거라고 봐."

저 소리는 작년에도 들었다. 엄마는 변한 게 없다. 나처럼.

"아니……. 나라고 노력 안 한 거 아냐. 수없이 노력해 봤다고. 근데 그게 잘 안 돼."

"그래도 더 해 봐. 너 이렇게 병원 가면 어떤 줄 알아? 나중을 생각해야지. 정신과 병원 진단 받으면 너 대학 갈 때, 직업 가질 때, 혹시나 첼로를 다시 하게 될 때도 다 안 좋은 영향을 줄 수도 있단 말이야. 그러지 말고 더 노력해 봐, 응?"

하, 역시다.

"엄마는 그것 때문에 그러는 거야?"

난 또다시 감정이 끓어올랐다.

"나 나중에 대학 못 갈까 봐? 돈 못 벌까 봐? 첼로를 다시는 못하게 될까 봐?"

"그게 다 나중에 너한테 안 좋게 돌아올까 봐 걱정돼서 그런 거야. 네 미래를 생각한 거잖아 엄마는."

"엄마는 내가 지금 힘든 것보다 올지 안 올지도 모르는 내 미래를 걱정하는 거야?"

엄마는 내가 죽고 나서야 깨달을 참인 거다.

"다 견디고 참고 노력하다 보면 괜찮아지는 거지, 고작 그런 일로 병원에 가려고 하니까 그런 거잖아? 그리고 너만 힘든 거 아냐. 다른 애들은 뭐, 항상 좋은 소리만 듣고 사니? 그건 어른이 되어서도 마찬가지야!"

"엄마는 내가 학교에서 어떤 모습인지 모르니까 하는 소리잖아!"

나는 이를 갈았다.

"김준서!"

여기서 더 들을 것도 없다.

"지수야?"

나는 쌤이 부르는 소리에 그제야 정신이 들었다.

"네, 쌤. 정신과에 가는 것이 그렇게 안 좋은 거예요?"

"사실 이건 우리 모두가 풀어야 할 숙제 같은 거란다. 누구든지 몸이 아니라 마음이 아플 수 있는 건데, 그걸 이상하게 보는 사람들의 인식이 잘못된 거지."

"그렇죠?"

"마음이 아픈 건 어떤 한 사건을 계기로 오지 않아. 그 전부터 쌓이고 또 쌓이다 물집처럼 어떤 한 번으로 툭 터져 버리고 어느새 마음의 병이 되어 있지."

"그런데 쌤도 그렇게 생각하세요? 준서가 겪은 일이 아무것도 아니라고요. 그냥 참다 보면 저절로 나아질 거라고 보세요?"

그렇게 물으면서 또 나는 평범하고 아무것도 할 줄 아는 게 없는 내 자신에 대해서 고민했던 것이 떠올랐다. 내 고민이 김준서에 비하면 굉장히 하찮게 느껴졌다. 나의 그런 생각을 읽기라도 한 걸까?

"지수야, 내가 힘들 때는 그 누구보다 내가 가장 힘든 거야. 지수에게도 누군가에게 말 못하는 고민이 있잖니? 누군가에게는 힘든 정도가 1%고 남들이 보기에 대수롭지 않아 보여도 나한테는 그 일이 100%라면 내가 가장 힘든 거야."

쌤은 또 덧붙이며 말했다.

"힘들 때는 누구에게든지 기대도 된단다. 도움이 필요하면 누구에게든 도움을 받아도 괜찮아. 특히 지수나 준서나 모두 학생이잖니? 어른들의 도움을 당당하게 요구해도 괜찮아."

나는 그렇게 말해 주는 쌤이 감사했다. 그러면서도 마음이 복잡해졌다.

"그런데요, 쌤. 준서도 엄마, 담임 쌤, 어른들의 도움을 받아 보려고 노력했잖아요. 하지만 제대로 받아들여지지 않았어요."

"그것이 선생님이 가장 안타까운 부분이란다. 준서의 이야기를 단 1명이라도 주의 깊게 들어 주고 공감해 주었더라면 준서는 어쩌면 빨리 좋아졌을 수도 있겠지? 준서네 담임 선생님도, 준서네 어머님도 이렇게까지 준서가 힘들어하는 줄 모르셨나 보구나. 이럴 땐 우리가 할 수 있는 걸 최대한 해 보는 것. 그게 최선이겠지?"

나는 김준서에게 줄 사진 뒷장에 이렇게 적었다.

'힘들 때는 내가 가장 힘든 거야. 더 당당하게 기대도 괜찮아.'

나는 얼마 후에 쌤으로부터 김준서에 대한 소식을 들을 수 있었다. 정기적으로 김준서가 상담실에서 상담을 받기로 한 것을 말이다. 김준서는 내가 찍은 김준서의 사진 뒷장에 남겨 놓은 메시지 덕분에 힘을 받았다고 했다. 앞으로 김준서를 자주 볼 것 같다. 쌤은 우리 담임 쌤에게 협조를 요청했고, 우리 담임 쌤도 흔쾌히 받아들여 줬다.

또한 김준서네 엄마와도 상담을 하셨다고 한다. 김준서네 엄마는 김준서의 상태에 관해 충격을 받으면서도 아직까지 정신과와 관련된 편견을 버리지 못하신 듯했다. 그래서 병원 입원이나 병원 치료는 보류하고 우리 상담 쌤 그리고 병원에서 오는 쌤과 함께 상담하며 경과를 지켜보기로 했다.

김준서는 자신을 진정시키는 호흡법부터 차근차근 연습했다. 물론 마법 같은 일은 없었다. 바로 완전히 다른 애들처럼 앞에 나와서 발표를 하거나 시험을 보는 일이 편해진 것은 아니다.

다른 것이 있다면 김준서의 침착한 태도랄까? 여전히 식은땀을 흘리긴 하지만 본인이 더 버티기 힘들다는 생각이 들 때면 쌤과 눈을 맞춘다. 그럼 쌤은 고개를 끄덕여 준다. 마치 서로 신호를 주고받는 것 같다. 그런 신호를 받으면 김준서는 교실에서 나갔다가 다시 들어오곤

한다. 아마 사전에 뭔가 이야기가 된 것 같다.

좀 더 상태가 괜찮아져서 말을 할 수 있을 정도일 때면 김준서는 쌤한테 이렇게 말한다.

"선생님, 제가 너무 힘든데 잠깐 밖에서 숨을 고르고 들어와도 될까요?"

숨으려고도, 숨기지도 않는 김준서의 침착한 대처 모습을 보니 아이들이 김준서에 대해서도 이상하게 생각하거나 말하는 일이 조금은 줄었다. 그래도 짓궂게 구는 애들이 여전히 있긴 했다. 하지만 정의로운 애들이 거기에 맞서며 말해 주었다.

"야, 니나 잘해! 지도 앞에 나오면 지리면서 무슨."

'그렇지, 그렇고말고. 자기네들은 뭐 완벽한가?'

그래도 확실히 김준서의 모습은 전보다 훨씬 편해 보이긴 했다.

쌤의 마지막 사진 치료 수업 주제는 '나를 두렵게 했던 공간에 다시 가서 사진을 찍는 것'이었다. 자신의 상처를 스스로 마주하는 것이라고 한다. 그렇게 되면 다음에는 초등학교 졸업 앨범이 아닌 진짜 자신이 다녔던 초등학교의 교실을 찍어 오겠지? 아직 김준서는 그 단계까지 가지는 못했지만 조만간 그렇게 되지 않을까 생각하며 마음속으로 응원하고 있다.

그리고 얼마 후 나는 아침에 등교해 교실로 들어와 내 책상 위에 있는 조그마한 쪽지를 발견했다. 쪽지를 펼쳐 보았다.

'고마워.'

나는 그 쪽지를 쓴 주인이 누군지 단번에 알았다. 나는 그 쪽지를 내 교복 주머니에 쏙 넣었다.

•4부•

전학생 이상아

I.
사연 있는 전학생

내 상담실 동아리 활동은 아주 순조롭게 진행되고 있었다. 이제 어느덧 7월, 여름 방학도 성큼 다가오고 있었다. 나는 그 어느 때보다 즐거운 학교생활을 보내고 있다. 벌써 7월이 다가왔다는 게 믿어지지 않을 정도였다.

그리고 김준서와도 상담실에서 자주 마주치다 보니 조금은 친해지게 되었다. 민주는 나보다 붙임성이 더 좋은 친구라 민주도 자연스럽게 김준서와 친해지게 되었다. 나와 민주와 친해진 김준서를 보고 처음에 김준서를 이해하지 못했던 반 여자애들도 조금씩 다가가기 시작했다.

"그래도 김준서가 우리 반 남자애들 중에는 가장 낫지."

수상한 상담실, 비밀을 부탁해

"맞아. 남자애들 유치한 드립도 안 치고 말이야."

"가만 보면 웃을 때 좀 괜찮지 않아?"

김준서에게 후한 점수를 주는 여자애들 덕에 남자애들도 조금씩 김준서를 달리 보기 시작했다. 점점 자기들 무리에 끼워 주는 것이었다. 아무래도 김준서의 침착함과 새삼 괜찮아 보이는 인상이 플러스가 되어 준 듯했다.

김상혁과 오상현조차도 더 이상 김준서를 놀리거나 심심풀이 땅콩으로 취급하지 않았다. 김준서가 지금이라도 반에서 잘 지낼 수 있게 되어 다행이라고 생각하면서도 한편으로는 마음이 복잡해졌다. 이렇게 손바닥 뒤집듯이 아이들의 여론이 바뀌다니 이걸 반대로 생각하면 언제든지 애들의 마음은 돌아설 수도 있다는 것이다.

"쌤, 이제 방학도 얼마 안 남았어요."

"그렇구나. 이제 1학기도 거의 지나갔구나."

"그전까지는 항상 방학이 빨리 왔으면 좋겠다고 생각했는데 상담실 활동을 하고 나서부터는 학교생활이 즐거워서 시간이 늦게 갔으면 좋겠어요."

"지수가 그렇게 이야기해 주니 선생님도 매우 뿌듯하고 보람 있구나."

그러고는 선생님이 운을 뗐다.

"지수야, 이제 상담실에서 7월의 마지막 행사를 진행하려고 하는데 혹시 도와줄 수 있겠니?"

"네? 어떤 건데요?"

"사실 그거부터 정해야 해."

쌤답지 않게 처음으로 대책 없어 보이는 대답이었다.

"네? 그럼 제가 뭘 하면 되죠?"

"어떤 행사를 하면 좋을지 선생님한테 행사 아이디어 좀 나눠 주지 않을래? 아주 톡톡 튀면서도 친구들에게 도움 될 만한 행사를 기획하고 싶은데 도저히 떠오르질 않네."

"아무리 그래도요, 쌤! 제가 어떻게……."

이때, 갑자기 상담실로 전화가 왔다.

"여보세요? 네, 선생님. 네, 네. 연결해 주세요."

"어머님 안녕하세요? 상담실입니다."

아마도 전화 연결 대상이 바뀐 듯했다. 잠시 후 쌤은 전화기를 내려놓았다.

"쌤, 무슨 일이세요?"

"30분 후쯤 어머님 한 분께서 상담실로 방문하고 싶으시다는구나. 아무래도 아이 때문에 고민이 있으신 모양이야."

정확히 30분 후에 상담실 문을 두드리는 소리가 들렸다. 나는 어른들이 편하게 이야기를 나눌 수 있도록 작업실에 들어갔다. 어른들이 서로 인사하고 자리에 앉는 소리가 들렸다. 엿들으면 안 된다는 건 알지만 어느새 나는 어떤 이야기인지 궁금해 집중해서 귀를 기울였다.

수상한 상담실, 비밀을 부탁해

"선생님, 아까 전화 드렸던 2학년 1반 이상아 엄마예요."

"네, 어머님. 아이와 관련해 상담하고 싶은 부분이 있다고 하셨지요?"

"네, 선생님. 이걸 말하고 상담을 받는 것이 맞을지 고민하다가 연락 드렸어요."

"편하게 말씀해 주세요 어머님."

이상아네 엄마는 조금 뜸을 들이다 말을 꺼냈다.

"상아가 사실 달월중학교로 전학을 왔어요. 3월에요."

어쩐지 내가 많이 들어 본 이름은 아니었다. 그렇다고 해서 내가 우리 학교 아이들의 이름을 모두 다 아는 것은 아니지만 말이다.

"선생님도 잘 아시겠지만, 중학생인데 전학하는 것은 사실 쉽지 않은 선택이었어요. 그런데 아이가 정말 울고불고 떼를 써 가며 너무 원해서 어쩔 수 없이 이쪽으로 오게 됐죠. 제가 보기에도 상아가 정말 많이 힘들어했거든요."

"어머님께서도 아이가 힘들어하는 것을 보니 많이 힘드셨겠어요."

"네, 하지만 아이가 덜 힘든 쪽으로 선택하는 것이 더 나으니까요. 이쪽으로 이사하고 전학도 오면 아이도 좀 더 괜찮아질 줄 알았어요."

"여전히 상아가 힘들어하는군요?"

"그냥 힘들어하는 게 아니라 아이가 변했어요. 그전에는 짜증 하나 잘 내지 않던 아이였는데 짜증이 많아지고 화도 잘 내고 울기도 잘하고요."

"혹시 전 학교에서 무슨 일 있었나요?"

"그게 제일 답답해요, 선생님. 아무리 물어보고 어르고 달래도 무슨 일이 있었는지 얘기해 주질 않아요. 일단 아이가 너무 힘들어하니 학교 먼저 옮겨 보자고 생각했죠."

"그렇군요. 어머님, 그럼 제가 일단 상아를 만나보도록 하겠습니다."

"네, 선생님. 부탁드릴게요. 정말 감사드려요."

이튿날 방과 후, 나는 이상아가 오기 전에 상담실에 도착하기 위해 재빠르게 가방을 챙겼다.

"상담실 가는구나?"

"응. 낼 봐!"

나는 빠르게 계단을 올랐다. 다행히 이상아보다 먼저 상담실에 도착한 것 같았다. 잠시 후, 누군가 상담실 문을 두드렸다.

"안녕하세요. 2학년 1반 이상아인데요."

"들어와요. 기다리고 있었어요."

이상아는 내가 생각했던 것보다 훨씬 평범해 보이는 애였다. 긴 생머리에 선하고 귀여워 보이는 인상이었다.

"상담실은 처음이죠?"

"네……."

"오늘은 선생님이 상아 학생의 이야기를 좀 듣고 싶어서 불렀어요."

이상아는 말이 없었다.

"학생들의 고민을 들어 주고 함께 해결책을 찾아보는 것이 선생님의 역할이지만 혹시 선생님이 불편하거나 별로 말하고 싶지 않은 것이라면 말하고 싶지 않다고 사실대로 이야기해도 괜찮아요. 말을 하거나안 할 권리는 상아에게 있으니까요."

이어서 쌤이 말했다.

"때로는 누군가에게 자신의 고민을 털어놓는 것만으로도 괜찮아지기도 해요. 그리고 만약 선생님의 도움이 필요한 부분이라면 도움을줄 수도 있고요."

이상아는 계속 말이 없었다. 하지만 쌤은 기다려 줬다. 이상아가 그어떤 말이든 할 때까지…….

"사실은……."

이상아는 드디어 입을 열었다.

"제가 한 잘못 때문에 너무 괴로워서 견딜 수가 없어요."

쌤이 뭐라 말하기도 전에 이상아는 그만 울음을 터뜨렸다. 이상아의울음에는 온갖 슬픔과 괴로움, 설움이 다 담겨 있었다. 쌤은 이상아가그저 울도록 놔두었다. 울지 말라고 어르지도 달래지도 않았다. 그저옆에서 가만히 지켜보고만 있을 뿐이었다. 선생님은 이상아를 기다렸다. 그리고 어느 정도 진정된 듯한 느낌이 들자 쌤이 물었다.

"혹시 상아와 상아 친구에게 어떤 일이 있었는지 선생님에게 말해줄 수 있을까?"

"너무 말하고 싶은데 사실을 말하기가 정말 두려워요. 그리고 그때 있었던 일을 떠올리는 것조차 너무 힘들고요."

이상아는 울먹거리며 말했다. 쌤은 더 묻지 않고 친절한 얼굴로 이상아의 등을 토닥여 주었다. 그게 이상아와의 첫 만남이었다. 쌤은 두 번째 만남 때 이상아에게도 필름 카메라를 주며 사진 숙제를 내줬다. 요즘 '나의 기분'을 찍어 오는 것이었다.

며칠 후, 이상아와의 세 번째 상담이 끝나고 나는 곧바로 은밀한 작업에 들어갔다. 나는 이제 상담 패턴을 알게 되었다. 세 번째 상담 때 보통 쌤은 나에게 사진 찍는 미션을 부탁한다. 상담이 잘 이루어지지 않을 때는 네 번째 상담 때 나를 부르기도 한다.

"쌤, 이상아가 무엇을 찍었대요?"

"선생님과 이야기할 때는 '시계'를 찍었다고 하더구나. 시간을 다시 되돌리고 싶다고 말이야. 어떤 일이 있었는지는 선생님에게 다 털어놓지 못했지."

이상아가 시간을 되돌리고 싶은 기억이란 무엇일까? 나는 온 정신을 집중했다. 내 눈 앞에는 다른 세계가 그려졌다.

2.
민하 때문에? 내가 왜?

"야, 민하민하~!"

"일찍 왔네~~!"

"오늘 개학이잖아. 시간 개빨라."

"맞아. 아직도 더운데 개학 너무 빠르지 않아?"

나는 민하와 팔짱을 꼈다. 학교 교문으로 들어가기까지 우리들의 수다는 계속됐다. 우리는 서로 방학 때 재밌었던 웹툰을 공유했다.

"너 이거 봤어? 존잼이야, 진짜 꼭 봐."

"와 대박, 이건 못 참지. 집 가서 정주행 각이다."

"후기 남겨, 알겠지?"

"오키!"

민하와 함께 1학년 8반 교실로 들어갔다. 으, 이제 또 시작이구나 싶었다. 그건 반 애들도 마찬가지다.

"아, 누가 내 시간 빨리 돌려놨냐. 왜 벌써 개학임?"

"아 나는 진짜 학교 갈 생각에 잠도 안 왔어."

"나 방학 때 여기 갔다 왔는데 진짜 좋아. 한번 가 봐."

"이상~ 방학 잘 보냈어?"

"그럼! 너희도?"

나는 다른 애들이랑도 인사했다. 종소리에 우리는 과학 교과서를 들고 과학실로 이동했다. 원래 1학기에 앉았던 자리에 앉았다. 과학 쌤은 아이들에게 2학기에 배울 내용에 대해 간단히 설명한 뒤 자리와 모둠을 바꾸겠다고 이야기했다. 과학 쌤 말에 좋아하는 애들도 있었고 친한 친구와 떨어질 생각에 아쉬워하는 애들도 보였다.

애들은 자신이 뽑은 번호대로 자리를 옮겼다. 나는 17번을 뽑았다.

"민하! 너 몇 번이야?"

"나 12번. 너는?"

"으, 난 17번. 아쉽다. 좀만 더 가까운 번호 뽑으면 같은 모둠 될 수도 있었는데."

나는 17번 자리에 앉았다.

"아 뭐야, 김세미랑 같은 모둠이야? 이생망이군."

정종현은 내 맞은편 책상에 자기 교과서를 던지며 말했다.

"아 뭐래, 내가 더 싫어."

세미는 내 옆에 앉으며 말했다.

"상아 하이! 정종현 빼고 우리끼리 하자. 쟤 있으면 망해."

"야, 나 없으면 망해. 야, 김세미 안 들리세요? 왜 안 들리는 척이세요?"

"그래, 그래."

나는 키득거리며 말했다. 정종현은 나대는 건 우리 반에서 탑이다. 하지만 별로 거슬리지 않는다. 적정선에서 나대서 애들 모두 재밌게 받아친다. 나와 세미, 정종현 그리고 허재민 이렇게 넷이 과학 모둠이 되었다.

"자, 이제 조용!"

과학 쌤은 실험 준비물을 나누어 주려 했다.

"아, 쌤! 오늘 첫날인데 수업해요?"

"자리만 바꾸는 거 아니었어요?"

"내일부터 해요!"

"얘들아, 너희가 자리 바꾼다고 하도 떠들어서 시간이 없잖아. 자, 빨리 바구니 가지러 나와라!"

아이들은 싫은 티를 팍팍 내면서도 모둠에서 1명씩 바구니를 가지러 나갔다. 바구니에 담겨 있는 실험 준비물을 세팅하면서도 아이들의 입은 멈추질 않았다.

며칠 후, 3교시 과학 시간이 되어 우리는 과학실로 이동했다. 과학 쌤은 무슨 일이 있는지 아직 들어오지 않는다. 잠깐의 자유 시간이다. 나는 그동안 세미랑 꽤 친해져서 정신없이 떠들었다.

"야, 너 이 드라마 봐?"

"주인공 개잘생겼어 진짜."

"너 그럼 그 짤도 봤어?"

"헐, 꼭 볼게 진짜."

우리는 요즘 보는 드라마를 공유했다. 그러다 세미가 갑자기 궁금하다는 듯이 물었다.

"상아야, 너 어떻게 해서 김민하랑 친해지게 된 거야? 같은 초등학교 나왔어?"

"음, 아니. 그런 건 아닌데 3월에 어쩌다 보니 그냥 자리가 가까워서 친해지게 됐는데."

"아, 진짜?"

세미는 떨떠름하다는 듯한 표정과 말투다.

"왜?"

"아니, 아니야."

"야~ 왜 그래? 무슨 일 있었어?"

세미 말투가 이상해서 되물었다. 하지만 가볍게 장난치듯 물었다.

"아니, 그냥 나는 네가 너무 착하니까 나중에 힘든 일 생길까 봐 걱정이 돼서……."

세미는 말끝을 흐렸다.

수상한 상담실, 비밀을 부탁해

"왜? 민하 때문에? 내가 왜?"

영문을 모르겠다.

"내가 다른 반 애한테 들은 얘긴데 김민하 조심하라고 그러더라."

"왜 조심해야 하는데?"

"걔 자기한테 잘해 주는 애 생기면 그 1명한테 엄청 집착한다는 거야."

"민하는 나한테 그런 적 없는데?"

"너네 친하게 지내게 된 지 얼마 안 됐잖아."

"그래도……."

"그 1명한테 갑자기 친해지는 친구가 생기면 일부러 같이 못 지내게 막고 이상한 소문 같은 거 퍼트리고 그런다고 말이야. 같이 지내면서 뭐 이상한 거 못 느꼈어?"

"아니, 난 그런 생각해 본 적이 없어서……."

"해 본 적이 없는 거잖아. 다시 한 번 잘 생각해 봐."

"글쎄……."

바로 그때, 과학 쌤의 목소리가 들렸다. 왜 늦었는지 애들한테 설명하고 오늘 어떤 실험을 할 예정인지 안내하는 대충 그런 내용이었다.

3.
김민하와 멀어지기 프로젝트

"이따 학교 끝나고 잠깐 볼 수 있지?"

김세미가 나를 몰래 툭툭 건들며 말했다.

"오늘 민하랑 같이 어디 가기로 했는데……."

"이거 중요한 얘기야. 오늘 이렇게만 듣고 가면 집에 가서 찜찜할 걸?"

나는 고민으로 머릿속이 가득 찼다. 사실 이대로 가긴 찜찜하다는 생각이 들긴 했다.

마지막 수업 종이 울리고 나는 가방을 정리했다. 가방 정리를 먼저 끝낸 민하가 내 자리로 왔다.

"상아야, 빨리 가자."

"응? 응, 그래야지."

바로 그 때, 세미가 자기 친구 1명을 이끌고 내 자리로 왔다.

"미안한데 오늘 상아 우리가 좀 데리고 가도 되지?"

"왜? 어디 가는데?"

민하가 물었다.

"우리가 상아한테 뭐 좀 부탁한 게 있어서. 진짜 급한 거라서……."

"근데 상아 오늘 나랑 어디 가기로 약속했는데……."

나는 그 사이에서 갈등했다.

"그게……."

"그럼, 나도 같이 가면 안 돼?"

"오늘 꼭 중요한 일이 있어서 그래."

세미는 내 팔꿈치를 몰래 쿡 찔렀다.

"으, 응. 민하야 오늘은 먼저 가. 내일 같이 가자. 진짜 미안해."

민하의 대답을 듣기도 전에 세미는 내 팔을 잡고 교실에서 나왔다. 세미는 내 팔짱을 끼며 말했다.

"거봐. 내말이 맞지? 내가 너 데려가니까 어디 가냐고 묻고 같이 가자고 하잖아."

"그래도 민하는 진짜 궁금해서 그런 걸 수도 있잖아. 원래 나랑 약속이 있기도 했고……."

"어휴, 착해가지고. 일단 가서 얘기해. 내가 왜 효진이를 데려왔겠어? 효진이가 김민하에 대해 속속들이 알고 있으니까 데려왔지."

"그래, 내가 세미한테 맨날 상아 너 안됐다고 얼마나 얘기했는지 모르지?"

세미와 효진이는 내 팔짱을 끼고는 빙수 가게로 데려갔다. 9월의 해는 아주 쨍쨍했다. 빙수를 시켜 놓고는 세미와 효진이는 내가 몰랐던 민하에 대한 사실들을 일러 주며 마치 자기 일인 것처럼 열을 올렸다.

나는 처음에는 별로 믿음이 가지 않았다. 우연이겠지, 그냥 그렇게 생각한 거겠지 싶었는데 점점 세미와 효진이가 하는 말이 맞는 것 같았다.

"나 학교생활 종 친 거야? 그럼, 난 이제 어떻게 하지?"

나는 우울해하며 물었다.

"뭘 어떡해. 지금이라도 김민하랑 좀 떨어져 지내야지. 계속 김민하랑 지내면 너까지 피해 볼걸?"

"우리가 도와줄게."

세미와 효진이는 나를 위로하듯이 말했다.

"어휴, 내가 이거 말고도 진짜 해 줄 말이 더 있는데. 오늘은 여기까지."

"야, 그럼 우리 만난 것도 인연인데 동맹 하나 만들자. 이름은……빙수집에서 첫 모임을 가졌으니까 빙수동맹 어때?"

"좋아, 좋아!"

나는 든든한 내 편이 생긴 것 같아 기분이 나아졌다.

"그럼, 우리 빙수동맹의 첫 임무는 상아의 김민하와 멀어지기 프로젝트야, 알겠지?"

세미는 대장처럼 말했다. 나를 구해 주려는 느낌이 들었다. 오늘 김민하랑 같이 놀았으면 큰일 날 뻔했다. 김민하는 소름 돋는 애다.

밤에 세미에게서 카톡이 왔다.

💬 이상이상~ 낼 아침 학교 같이 ㄱㄱ?

🗨 ㅇㅋㅇㅋ

💬 근데 너 맨날 김민하랑 같이 가지 않았음?

🗨 아ㅠㅠ 어떡하면 좋음?ㅠㅠ

💬 그럼 내일 20분 일찍 나와ㅋㅋㅋ 김민하한테 20분 일찍 학교 간다고 말하지 말고ㅋㅋㅋㅋㅋ

🗨 야, 미친 당연하지ㅋㅋㅋㅋㅋㅋ 낼 봐.

💬 빠잉

이튿날 아침, 나는 20분 일찍 나와 세미를 만났다.

"근데……. 혹시 내가 말 안 해서 김민하 계속 기다리면 어떻게 하지?"

"에이, 설마 안 오면 알아서 대충 학교 오겠지 뭐. 니가 뭔 상관?"

"그치?"

일찍 학교에 오니 덕분에 반 애들이랑도 인사를 많이 하게 됐다. 뭔가 인싸가 된 기분이 들었다. 그런데 항상 교실에 도착했던 시간이 지나도 김민하는 오지 않았다. 결국 김민하는 지각했다. 김민하는 나를 보았지만 나는 최대한 김민하와 눈을 마주치지 않으려고 노력했다. 나는 1교시 국어 시간에 몰래 세미에게 쪽지를 돌렸다.

"김민하 진짜 나 기다리느라 늦게 온 것 같음."

세미는 내가 쓴 글씨 아래에 답장을 적어 다시 쪽지를 주었다.

"봤지? 보통은 그렇게 안 기다려. 지각할 것 같으면 지가 빨리 왔어야지~~ 집착 쩔음."

김민하는 쉬는 시간에 나에게 말을 걸려고 했지만 나는 최대한 피하려고 노력했다. 이따금 어쩔 수 없이 김민하가 말을 걸면 '응.', '아니.'로 단답했다. 그렇게 해야 눈치를 채고 자기가 알아서 떨어져 나가기 때문이다. 점심시간에는 세미와 효진이가 나를 전담 마크해 내 양 팔짱을 끼고 급식실로 내려갔다. 나는 세미와 효진이와 신나게 떠들면서 김민하가 낄 틈을 주지 않았다. 세미와 효진이의 철저한 디펜스 덕에 김민하는 더 이상 나에게 말을 걸려고 하지 않았다.

며칠이 지나고 같은 반 세영이가 우리에게 슬쩍 말을 건넸다.
"상아야, 너 왜 요즘 김민하랑 같이 안 다녀? 너네 3월에는 친했잖아.”

내 표정은 떨떠름해졌다.

내가 먼저 말을 꺼내기도 전에 세미가 앞장서서 이야기해 주었다.

“야, 말도 마. 상아가 얼마나 김민하 때문에 힘들어했는데.”

“왜? 무슨 일 있었어?”

“김민하 걔 완전 집착 쩔잖아. 친구 별로 없어서.”

세미는 그동안 있었던 일을 세영이에게 전부 풀어놨다. 내가 듣기에도 김민하 때문에 고생한 것 같았다.

“성격도 안 맞는데 김민하 챙겨 주느라 상아가 고생했지 뭐.”

효진이도 세미의 말을 거들어 주었다.

“헐, 정말?”

세영이도 이해한 것처럼 보였다. 나는 모두에게 이해받았다. 뭔가 위로를 받은 기분이다. 세영이뿐 아니다. 세영이 말고도 2명이 더 나에게 은근슬쩍 물으러 왔다. 그리고 세미와 효진이 덕에 나는 그 질문을 쉽게 물리칠 수 있었다. 우리는 다시 빙수 가게에 갔다.

“거봐, 내 말이 맞지? 다른 애들도 다 김민하 이상하게 생각하잖아.”

“그래. 진짜 하마터면 어쩔 뻔했어? 상아만 고생할 뻔했잖아.”

“그러니까 말이야. 너네 덕분에 살았어.”

우리의 빙수동맹 첫 프로젝트는 성공이었다.

4.
마주할 수 있는 용기

"상아야, 진짜 김민하가 그랬어? 너네 3월에는 친했잖아."

"진짜? 나한테는 그런 적 없었는데 말이야. 정말 보면 볼수록 가관이다."

한 명, 한 명 우리에게 물으러 온 애들에게 설명하면 저런 반응들이 나왔다. 모두들 우리의 말을 믿어 주었다. 그리고 어느 순간 우리 반 여자애들 모두가 김민하와 거리를 두려는 게 느껴졌다. 점점 김민하는 우리 반에서 '이상한 애', '별로 친해지기 싫은 애'가 되었다. 하긴, 친구도 없어서 한 명한테나 집착하는 애를 누가 좋아하겠어? 나에겐 세미와 효진이가 있어서 다행이었다.

"상아상아~ 오늘은 먼저 갈게. 학원 보충 땜시."

"진짜? 오키! 아, 나도 빨리 학원 옮겨서 너네랑 같은 학원 다니고 싶은데. 엄마가 아직 기다리래."

"아, 그니깐! 빨리 학원도 같이 다니자. 아무튼 우리 먼저 갈게. 빠잉!"

세미와 효진이는 팔짱을 끼고 먼저 교실을 나갔다. 담임 쌤이 다시 교실로 들어오셨다.

"상아야, 미안한데 교실 문 좀 잠궈 주렴. 선생님이 부탁할게~!"

나는 담임 쌤이 부탁하는 바람에 어쩔 수 없이 가장 나중에 교실에서 나와야만 했다. 곧 12월이라 그런지 썰렁했다. 나는 애들이 다 나가기 전까지 기다렸다가 이제 문을 잠그려는 찰나, 김민하가 교실로 들어왔다.

김민하와 눈이 마주쳤다. 완전 어색하다.

'하필 김민하랑 마주칠 게 뭐람. 재수 없게.'

"아, 안녕. 국어책을 두고 가서."

김민하가 먼저 말을 걸었다. 궁금하지도 않은데 왜 말 걸고 난리야? 나는 김민하를 보지도 않고 내 가방을 정리했다. 이건 더 이상 말 걸지 말라는 신호다.

김민하는 책을 꺼내고는 나가려다 멈추었다.

"저기 있잖아."

또 시작이다. 그냥 자기 갈 길 가지, 왜 자꾸 말 거는 거야?

"전부터 궁금했던 것이 있었는데, 물어볼 기회가 없어서."

나는 단답으로 대꾸했다.

"뭔데?"

"우리가 1학기 때는 그래도 친했잖아. 나는 나름대로 너랑 단짝이라고 생각했는데, 그동안 혹시 내가 뭐 잘못했어?"

"지금 그래서 따지는 거야? 너랑 이제 같이 안 다녀서?"

나는 짜증스럽게 김민하의 말을 받아쳤다.

"아니, 그게 아니고……. 다시 친해지자고 한 말은 아냐. 그냥 나는 예전처럼은 못 돌아가도 잘못한 게 있으면 풀고 싶어서."

"지금 이런 게 제일 싫어. 이렇게 니가 나한테 말 거는 것도 싫고 그냥 다 싫어. 그러니까 더 이상 아는 척하지 마."

나는 가방을 휙 메고는 그만 교실을 나가 버렸다.

교실 문을 잠가야 하는데 김민하 때문에 망했다. 내일 담임 쌤이 날 혼낸대도 어쩔 수 없다. 나는 서둘러 계단을 내려가 교문을 나왔다. 뒤에서 내 이름을 부르는 목소리가 들렸다.

"상아야! 이상아!"

김민하 목소리다.

왜 자꾸 따라오는 거야? 이 정도 말했으면 그냥 포기해야 되는 거 아니야? 진짜 짜증 나. 자꾸 들러붙는다는 생각에 이제는 싫은 정도가 아니라 혐오스럽다.

김민하의 목소리가 들릴수록 내 걸음은 자꾸만 빨라지고 보폭은 자꾸만 커져 갔다. 나는 휙휙 걸으며 여러 가지 생각을 했다.

'그런데 내가 김민하를 왜 싫어하게 됐지? 왜긴, 자꾸 귀찮게 졸졸 따라다니니까 그렇지. 적당히 하고 다른 애 사귀면 되잖아?'

정말 답답하고 짜증 난다. 김민하가 들러붙는 건 성가시지만 사실 그것 외엔 나에게 피해 준 건 없긴 하다. 오히려 너무 배려해 주고 너무 상대방한테 맞춘다. 하지만 난 그것마저도 싫어졌다. 정말 답답하고 짜증이 난다.

솔직히 김세미와 구효진과 같이 다니면서 훨씬 양보해야 하는 일이 많아지긴 했다. 빙수 빼고는 음식 취향이 달라 어쩔 수 없이 그냥 따라서 먹는 일이 좀 많다. 2 대 1이니 2명이 좋아하는 음식을 먹어야 하기 때문이다. 가장 죽이 잘 맞을 때는 김민하를 깔 때다. 그 외에는 말을 들어 주는 쪽이 되어야 했다.

갑자기 머릿속이 복잡해졌다. 왠지 여기 붙었다 저기 붙었다 박쥐가 된 기분이었다. 생각은 꼬리에 꼬리를 물었다. 횡단보도에서 초록불이 깜빡였다. 빨간불이 되기 전에 뛰어서 횡단보도를 건넜다.

"이상아!"

김민하의 목소리가 아직도 들렸다. 아직도 따라온다.

그냥 뛰어야겠다. 김민하의 목소리가 들리지 않도록 말이다. 바로 그 때 아주 크게 '끼익' 하는 소리가 났다. 자동차가 급정거하는 소리였다. 나는 뒤를 돌아보았다. 아주 순식간에 일어난 일이었다. 내가 건넜던 횡단보도에는 차들이 줄지어 급정거한 모습이었고, 그 중심에는 김민하가 있었다. 김민하는 시멘트 바닥에 쓰러져 있었다. 맨 앞줄에 있던 차에서 어른들이 내려 김민하에게 뛰어갔다.

"학생! 괜찮아?"

"얼른 구급차 불러 주세요!"

머리를 쿵, 한 대 얻어맞은 기분이었다. 나는 김민하에게 다가가지도, 그렇다고 가던 길을 갈 수도 없었다. 나는 그 자리에 계속 서 있었다. 시간이 조금 지나니 요란한 구급차 소리가 울렸다. 구급차 대원들이 나와 들것에 김민하를 싣고 갔다. 주위에 있던 어른들도 함께 구급차에 올라탔다.

구급차가 떠나간 뒤 나는 그제서야 정신이 들었다. 나는 그만 그 자리에 주저앉아 버렸다.

'이게 무슨 일이지? 설마……, 김민하가 나 쫓아오느라 사고를 당한걸까? 그럼, 나 때문인 거야? 김민하는 얼마나 다친 거지? 내가 가 봐야 하나?'

하지만 나는 김민하가 여기까지 따라올 줄 몰랐다…….

나는 일단 집에 돌아왔다.

혹시 오늘 사고가 기사에 실리지 않았을까? 나는 검색해 보려고 핸드폰을 찾았다. 핸드폰은 어디 간 거지?

이곳저곳을 뒤져도 핸드폰을 찾을 수 없었다.

'학교에 있나?'

학교까지 생각이 미치니 또 마음이 불안해진다.

'내일 김민하는 학교에 못 오는 건가……?'

머릿속이 온통 어지러웠다.

이튿날, 나는 학교에 일찍 도착했다. 억지로 잠자리에 드느라 혼이 났는데도 아침에 눈이 번쩍 떠졌기 때문이다. 혹시 핸드폰이 내 자리에 있지 않을까 해서 살펴보았지만 핸드폰은 찾지 못했다. 김민하 자리도 힐끗 보았다. 담임 쌤이 교실에 들어서기까지도 김민하는 교실에 나타나지 않았다.

'역시 어제 사고 때문에······. 담임 쌤도 알고 계실까?'

"오늘부터 민하는 당분간 학교에 못 나올 거야. 회장은 혹시 다른 선생님들이 물어보시면 결석이라고 알려 드리고. 알겠지?"

'김민하는 얼마나 다친 거지? 쌤한테 물어볼까? 이상하게 생각하시면 어떡하지?'

"그리고 상아는 선생님 좀 잠깐 볼까?"

나는 정신이 번쩍 들었다. 세미와 효진이가 나를 바라보는 시선이 느껴졌지만 나는 거기까지 신경 쓸 새가 없었다. 교실 밖을 나왔다. 그리고 쌤을 따라 교무실로 들어갔다.

"상아야, 잠깐 좀 앉을까? 상아, 핸드폰 잃어버렸지?"

"네. 학교에 있는 줄 알고 아침에 오자마자 찾아봤는데 없는 것 같아요. 안 그래도 다시 찾아보려고요."

나는 대답하면서도 쌤이 어떻게 아셨는지 어리둥절했다.

"그랬구나. 상아 혹시 민하가 어제 학교 앞 사거리에서 사고 난 것 알고 있니?"

"네, 네?"

"어제 민하 어머니께서 선생님에게 전화하셨어. 어제 사고가 나서 병원으로 이송되었다고 말이야. 그리고 그러면서 민하 주머니에서 네 핸드폰이 나왔다고 하시더라."

'내 핸드폰인 걸 어떻게 아셨지?'

"핸드폰을 켜 보니 상아 네 얼굴이 배경화면에 있었고 어머니께서 네가 민하 집에 여러 번 놀러 가서 네 얼굴을 기억하신 모양이야."

담임 쌤은 독심술이라도 쓴 건지 내가 궁금한 걸 알려 줬다.

"오늘 민하가 있는 병원에 가 보려고 하는데 상아도 선생님과 같이 가 볼래?"

나는 아무 말도 할 수 없었다.

담임 쌤은 어디까지 알고 계신 걸까? 괜히 담임 쌤이 내 탓을 할까 봐 불안해졌다.

"혹시 바쁜 일이 있다면 가지 않아도 돼. 선생님이 병원에 들러서 내일 핸드폰을 전해 주어도 되니까. 그래도 상아가 민하랑 꽤 많이 친했으니까 친구로서 같이 방문하면 좋을 것 같아서 말이야."

'내가 병원에 가면? 김민하랑 김민하 어머니한테 사과를 해야 하나? 김민하가 다친 게 내 잘못은 아니잖아……. 혹시 김민하가 나한테 핸드폰을 전해 주려고 계속 쫓아온 건가……?'

"상아야?"

담임 쌤이 부르는 목소리에 나는 그제야 다시 정신이 들었다.

"어떻게 해야 될지 잘 모르겠어요……."

나는 말끝을 흐렸다.

"그래. 혹시 선생님과 병원에 같이 가고 싶은 마음이 들면 얘기해 주렴."

교무실을 나왔다.

'정말 김민하는 나한테 핸드폰을 전해 주려고 쫓아온 걸까? 난 그것도 모르고 계속 도망치고?'

마음속이 답답해졌다.

이상아가 느꼈던 기분이란 무엇일까? 시간을 되돌리고 싶은 기억. 그 속에는 김민하에 대한 죄책감과 미안함이 있었다.

이상아의 이런 불안한 마음과 미안함, 죄책감을 어떻게 하면 없앨 수 있을까? 이상아가 김민하를 직접 만나는 것이다.

나는 문득 할머니가 내게 해 주신 말이 생각났다.

"지수야, 세상살이에는 용기가 필요하단다. 그건 어른들도 힘든 거지. 앞으로 나아갈 수 있는 기회, 되돌릴 수 있는 기회를 놓치면 나중에 더 후회가 남게 된단다. 할머니는 지수가 용기 있는 사람이 됐으면 좋겠다."

나는 이상아가 지금 느끼는 미안함과 죄책감을 덜 수 있는 방법은 김민하를 직접 만나는 것. 그거 하나뿐이라는 생각이 들었다. 이를 위해선 이상아에게 용기가 필요하다는 생각이 들었다. 나는 내가 찍은 이상아의 사진에 한 자 한 자 정성스럽게 써 내려갔다.

'세상살이에는 용기가 필요해. 너의 용기를 응원할게.'

며칠 뒤 나는 이상아가 원래 다녔던 이항중학교에 다녀왔다는 걸 알았다. 상담 쌤은 이상아 담임 쌤과 긴밀한 얘기를 주고받았고, 이상아 담임 쌤은 이항중학교에서 이상아의 담임이었던 쌤과 연락해 이상아와 함께 이항중학교를 갔다고 한다. 김민하는 12월이 되고 종업식까지 계속 병원 신세여서 학교에 나오지 못했고 이상아는 도망치듯 3월에 바로 우리 학교로 전학을 왔기에 김민하가 현재 어느 반인지 아는 것이 필요했다. 역시 예상대로 김민하는 사고를 당한 그날, 이상아가 놓고 간 핸드폰을 전해 주기 위해 쫓아갔었다고 말했다.

"상아가 민하라는 친구에게 미안하다고 말하면서 어찌나 울던지, 저는 그 때 교실 밖에 있었거든요. 혹시 제가 있으면 아이들이 이야기하는데 제 눈치를 보느라 방해가 될까 봐서요."

김민하는 이상아에게 괜찮다고 말해 주었다고 한다. 그때 자신이 무리하게 횡단보도를 건너가려고 한 탓이라고, 다행히 많이 다치지 않았다고 말이다. 나였으면 조금은 친구를 원망했을 것 같은데 김민하는 오히려 그 때 학교에 당분간 가지 않아도 되어서 좋았다고 이상아의 마음을 배려했다고 한다.

아프고 힘든 것을 피하지 않고 마주하는 것. 그것이 오히려 덜 아프

수상한 상담실, 비밀을 부탁해

고 나를 덜 힘들게 하는 것 같다. 그리고 그렇게 하기 위해서 용기가 필요하다는 것도 이상아와 김민하를 통해 알았다.

문득 이상아뿐 아니라 박하진, 고혜진, 김준서 모두 상담실에 다녀간 뒤로 새롭게 시작할 수 있는 용기를 얻은 것 같다는 생각을 했다. 박하진과 고혜진은 자신이 잘못했던 선택과 행동을 뉘우치고 다시 시작할 수 있는 용기를 얻었다. 또 김준서는 자신이 갖고 있던 아픔과 상처를 딛고 다시 시작할 수 있는 용기를 얻었다.

상담 쌤은 미소를 지으시며 나에게 물었다.

"그럼, 지수는 어때? 지수는 상담실에서 용기를 얻게 되었니?"

나는 그동안 내가 아닌 다른 애들이 이렇게 각자마다 상황이 다르고 이렇게 다른 생각을 갖고 있을 줄 잘 몰랐다. 솔직히 모두 나보다 잘나 보였고 나보다 학교생활을 잘하는 것처럼 느꼈다. 하지만 각자만의 사정이 있었고 고민이 있었다. 나는 잘하는 것이 아무것도 없는 평범한 나를 조금은 좋아할 수 있게 되었다. 이것도 용기라고 부를 수 있을까?

수상한 상담실,
비밀을 부탁해

나는 상담 쌤을 통해 이상아의 소식을 조금이나마 전해 들을 수 있었다. 지금은 비록 서로 다른 학교에 다니고 있지만 이상아는 김민하를 보러 자주 이항중학교로 놀러 간다고 한다. 둘이 다시 친해진 것 같아서 나도 뿌듯했다.

나는 상담 쌤이 그전부터 고민했던 상담실 이벤트에 대해 아이디어를 조심스럽게 말했다.

"쌤, 그 상담실 이벤트 말인데요……. 저도 생각한 것이 있는데요……."

내 생각을 말한 적이 없어서 조금 쑥스러웠다.

"그래, 선생님이 아직 고민 중이었거든. 지수한테 좋은 아이디어가 있나 보구나."

"음, 이번에 애들 마음을 들여다보면서 알게 된 건데요, 저는 저만 항상 고민이 있는 줄 알았거든요. 근데 저만 그런 게 아니었단 걸 알았어요. 각자 나름대로 고민이 있는데 문제는 애들이 그걸 풀 방법이 없는 것 같아요."

참으로 이상했다. 막상 입을 여니 그 어느 때보다도 술술 막힘없이 내 생각이 나왔다.

"그래서 애들끼리 고민을 나눌 수 있는 고민상담소 같은 걸 열어 보면 어떨까 싶어요. 그 대신 서로의 얼굴을 확인할 수 없는 부스 같은 걸 설치하는 거예요. 마치 모르는 사람에게 고민을 털어놓는 것처럼요. 저 같은 세상 소심이들도 고민을 털어놓을 수 있게요."

나는 상담 쌤의 눈치를 살피며 말했다.

"지수야! 너무 좋은데? 역시 선생님이 사람 보는 눈이 정확하다니까!"

나는 좀 신이 나서 아이디어를 더 갖다 붙이기 시작했다.

"그럼, 이벤트 날 중 상담 쌤이 직접 들어 주는 시간도 있으면 좋을 것 같아요!"

"그래, 그것도 좋겠구나. 아! 그럼 지수도 선생님처럼 친구들의 고민을 들어 주는 역할을 해 보는 건 어때? 지수가 아주 잘할 것 같은데 말이야."

"제, 제가요?"

나는 놀란 토끼 눈이 되었다.

"지금까지 지수가 상담실에 방문한 학생들에게 참 적절한 조언들을 해 주었다고 생각해. 어때? 한번 해 보지 않을래?"

"한번 생각해 볼게요."

나는 조금 망설여졌다.

"그래, 한번 고민해 보렴. 선생님은 지수가 '용기' 내서 새로운 것에 도전해 보는 것도 좋을 것 같구나."

상담 쌤의 '용기'라는 말이 나를 자극했다. 일부러 나를 북돋으려 하는 말 같았다. 며칠이 지나 내가 건의한 상담실 이벤트가 전교에 게시되었다. 이벤트의 이름은 '수상한 고민상담소'로 5일 동안 진행될 행사였다. 이틀은 서로 누군지 모른 채 익명으로 서로의 고민을 나누는 방식으로 진행했고 이틀은 선생님이 학생들을 직접 상담해 주는 것으로 했다. 그리고 나머지 하루는 내가 친구들의 고민을 들어 주는 날이 되었다. 먼저 이벤트에 참여하고 싶은 사람은 신청서를 내기로 했는데, 솔직히 별로 기대하지 않았다. 하지만 놀랍게도 생각보다 정말 많은 애들이 신청했다. 심지어 우리 반 명단을 보니 '오상현'도 있었다.

나는 내가 직접 고민을 들어 주는 날을 제외한 4일 동안은 행사 보조 역할을 했다. 옆에서 돕다 보니 자연스럽게 애들이 무슨 고민을 하고 있는지도 더 알게 됐다. 친구 관계, 성적, 엄마 아빠와의 관계, 진로 고민 등 다양했다. 심지어 좋아하는 애가 있는데 어떻게 다가가야 할지 잘 모르겠다는 고민을 털어놓는 애도 있었다.

내가 직접 고민을 들어 주는 행사 날이 되었을 때는 정말 떨렸다. 기껏 고민을 털어놓은 애들에게 실망감을 주면 어쩌지? 하지만 난 그간 다른 사람들의 마음속을 들여다본 경험과 쌤이 어떻게 상담하시는지를 끊임없이 지켜본 관찰력으로 조금 흉내는 낼 수 있었다.

　나도 역시 내 앞에 누가 앉아 있는지 모른다. 서로의 얼굴을 볼 수 없도록 해 놓았고, 음성 변조도 했기 때문이다. 다만 나는 신청자 목록을 가지고 있었기 때문에 학년과 닉네임만 알 수 있었다. 물론 신청을 받을 때는 실제 이름을 적도록 했기 때문에 쌤은 알지도 모르겠다. 나는 구멍이 송송 뚫린 벽 앞에서 상대방의 목소리만 듣고 있자니 마치 드라마에 나오는 면죄부를 주는 성당의 신부님이 된 것 같았다.

　가장 기억에 남는 신청자는 1학년 '빨간멜빵'의 고민이었다. 그 애가 내 첫 상담자였기 때문만은 아니었다. 나와 아주 비슷한 고민을 하고 있었기 때문이다. 나는 그 애의 목소리에서 긴장도 느낄 수 있었다.

　"안, 안녕하세요."

　"네, 안녕하세요. 빨간멜빵 님 맞으시죠?"

　"네, 네. 맞습니다."

　"빨간멜빵 님. 상담실은 처음이신가요?"

　"네. 우리 학교에 이렇게 상담실이 잘 갖춰져 있는 줄은 몰랐네요."

　"그렇죠? 저도 처음 상담실을 왔을 때 뭔가 편안했어요."

　"네, 정말 그러네요."

　이건 쌤이 나에게 알려 준 상담소 전략이다.

처음에는 가볍고 소소한 이야기로 인사를 나누면서 상대방을 편안하게 만들어 주는 전략인 것이다. 이런 걸 '스몰토크'라고 한다고 한다. 물론 원래 나였다면 장난치면서 처음 보는 사람과 편하게 이야기할 수 없었을 것이다.

내가 이렇게 용기 내서 이야기를 이끌어 나갈 수 있었던 원인은 익명의 힘이 아닐까? 고민상담소를 방문한 사람들처럼 나도 똑같이 내 얼굴과 이름, 목소리를 가리고 대화하기 때문이다. 마치 나를 숨기는 가면을 쓰고 다른 사람이 된 것처럼 행동했다. 나를 가리니 나를 더 자신 있게 드러낼 수 있다니 이상하다.

"빨간멜빵 님은 어떤 고민 때문에 고민상담소에 오셨나요?"

"솔직히 저는 요즘 제 자신이 너무 싫어요."

"어떤 것 때문에 스스로가 싫게 느껴져요?"

"저는 아무것도 잘하는 것이 없거든요. 공부도 못하고, 얼굴도 예쁘지도 않고요. 친구도 별로 없고, 저희 반에서 제일 존재감 제로예요. '누가 나 같은 앨 좋아할까'라는 생각만 자꾸 들어요."

나는 학기 초에 상담실에서 상담 쌤이 해 주었던 말이 떠올랐다.

"빨간멜빵 님이 자신감을 갖는 데 다른 사람과 비교할 필요는 없다고 생각해요."

나는 내가 겪었던 경험들을 말해 주고 싶었다.

"저도 빨간멜빵 님처럼 생각했던 때가 있었어요. 저도 사실 완전 평범한 학생이거든요. 저도 예쁘지도 않고, 공부도 잘 못하고, 운동도 잘

못해요. '주변 사람들이 나를 어떻게 생각할까' 하고 항상 눈치를 봤고
요. 그래서 빨간멜빵 님의 고민이 충분히 이해가 됐어요."

"정말요? 그럼, 지금은 극복하신 건가요?"

"완전히 극복한 것은 아니지만 조금씩 나아지고 있어요. 저는 저만
의 장점을 찾았거든요. 사람은 누구나 자기만의 장점이 있는 것 같아
요. 빨간멜빵 님도 본인의 장점을 찾는다면 좀 더 자신감을 가질 수 있
을 거예요."

"하지만 저는 아무리 생각해도 장점이 없는 것 같아요……."

"저도 처음엔 그랬어요. 근데 뭐든 시도해 보지 않으면 달라지는 것
이 없더라고요. 그런데 '상담실 동아리에 한번 들어가 보자'라는 결심
을 하고 제 인생에 처음으로 도전이란 걸 해 봤어요. 근데 점점 달라지
는 거 같았어요."

"정말요?"

"빨간멜빵 님도 지금까지 안 해 봤던 걸 한번 시도해 보면 좋을 것
같아요. 저처럼요!"

"좋은 말 해 주셔서 감사해요. 저도 한번 노력해 볼게요."

"여기, 용기를 내시라는 의미로……."

나는 포장한 포춘 쿠키를 내밀었다. 행사 전날에 선생님과 하나씩
정성 들여 포장했다. 고민상담소에 온 모든 학생들에게 용기를 가지라
는 의미로 주려고 포춘 쿠키를 준비했다. 포춘 쿠키 안에는 위로가 되
는 문장을 담은 꼬리표 같은 쪽지가 들어 있다.

그리고 사진도 찍어 주었다.

"정말 감사합니다!"

내가 빨간멜빵 님에게 했던 말은 나에게 하고 싶은 말이기도 했다. 너는 충분히 자신감을 가져도 된다고. 너는 너만의 장점이 있다고. 그러니 용기 내서 노력해 보라고. 새로운 것을 도전해 보라고 말이다. 나는 누군가의 용기가 되어 줄 수 있다는 사실에 무척 뿌듯했다.

이렇게 '수상한 고민상담소' 행사는 끝이 났다.

며칠 뒤, 여름 방학식이 다가왔다.

"자, 애들아 1학기 동안 수고 많았고 즐거운 여름 방학 보내고 2학기 때 보자!"

"네!"

담임 쌤의 밝은 인사에 우리 반 애들도 신나게 떠들며 교실을 나왔다. 나는 1학기 마지막으로 상담실에 들렀다.

"쌤!"

"지수 왔구나! 오늘 방학식인데 얼른 가서 놀아야지."

"그냥 쌤한테 인사하고 가고 싶어서요."

"그래, 지수야. 1학기 동안 수고 많았다. 지수가 상담실에 와 주어서 도움이 많이 되었어."

"저도요. 저도 이렇게 학교를 즐겁게 다닌 건 처음이에요. 상담실에서 활동하게 해 주셔서 감사합니다."

"그래. 혹시 상담실에 다녀간 다른 애들 소식은 궁금하지 않니?"

"사실 궁금하긴 해요. 김준서 빼곤 모두 다른 반이니까요."

"준서는 많이 밝아진 걸 지수가 직접 봐서 알겠구나. 어제도 준서가 다녀갔는데 많이 회복하고 나면 첼로도 다시 하고 싶다고 하더구나. 잘된 일이지? 다른 친구들도 잘 지내고 있단다. 하진이는 SNS 대신 시간을 보낼 만한 걸로 노래 부르는 걸 배우고 있지. 평소에 음악 듣는 것도 많이 좋아한다는구나."

"고혜진은요?"

"혜진이네 부모님께서 다녀가시고 나서 많이 도와주고 계시지. 혜진이와 많이 시간을 보내려고 노력하고 계신단다."

"다행이네요."

"상아도 민하와 자주 만나고 있고. 나중에는 세미와 효진이와도 솔직하게 이야기하는 시간을 갖고 싶다고 말하더구나."

"다들 잘하고 있는 느낌이네요. 그리고 걔네뿐만이 아녜요. 저도 용기를 얻어서 앞으로 나아가고 있어요."

"기특해, 지수."

"헤헤."

"지수야, 근데 꼭 앞으로만 나아갈 필요는 없어. 가끔은 멈춰 있어도 되고, 내가 너무 힘들 때는 뒤로 물러나도 괜찮아. 그런 과정들을 겪고 나면 사람이 더 단단해질 수 있거든. 근데 그 시간을 견뎌 내기가 힘들다면 언제든 상담실에 와도 괜찮아. 모든 것을 혼자서 감당할 필요는 없어. 누군가가 옆에 있어 준다면 더 잘 이겨 낼 수 있으니까. 상담실은 지수에게도 열려 있다는 것 잊지 말고."

상담 쌤은 손을 내밀어 나에게 악수를 청했다. 나는 상담 쌤의 손을 잡았다.

"네, 쌤! 즐거운 여름 방학 보내세요!"